错过时间的散步者

Robert Walser

[瑞士] 罗伯特·瓦尔泽 著

杨立汝 译

图书在版编目(CIP)数据

错过时间的散步者 / (瑞士) 罗伯特·瓦尔泽著;杨立汝译. —重庆:重庆出版社,2020.9
ISBN 978-7-229-15173-7

Ⅰ.①错… Ⅱ.①罗… ②杨… Ⅲ.①散文集—瑞士—现代 Ⅳ.①I522.65

中国版本图书馆CIP数据核字(2020)第125716号

错过时间的散步者
CUOGUO SHIJIAN DE SANBUZHE
[瑞士]罗伯特·瓦尔泽 著 杨立汝 译

责任编辑:李 梅
责任校对:刘 艳
装帧设计:何海林

重庆出版集团
重庆出版社 出版

重庆市南岸区南滨路162号1幢 邮政编码:400061 http://www.cqph.com
重庆出版社艺术设计有限公司制版
重庆一诺印务有限公司印刷
重庆出版集团图书发行有限公司发行
E-MAIL:fxchu@cqph.com 邮购电话:023-61520646
全国新华书店经销

开本:889mm×1194mm 1/32 印张:7 字数:180千
2020年11月第1版 2020年11月第1次印刷
ISBN 978-7-229-15173-7
定价:45.00元

如有印装质量问题,请向本集团图书发行有限公司调换:023-61520678

版权所有 侵权必究

目　录
Contents

Chapter 01
对某个请求的回应
-- 001

Chapter 02
鲜花的节日
-- 004

Chapter 03
裤子
-- 007

Chapter 04
两则轶闻
-- 010

Chapter 05
气球之旅
-- 013

Chapter 06
图恩湖畔的克莱斯特
-- 016

Chapter 07
求职信
-- 026

Chapter 08
小舟
-- 028

Chapter 09
随笔一则
-- 030

Chapter 10
黑尔布林的故事
-- 032

Chapter 11
小柏林人
-- 045

Chapter 12
神经质
-- 054

Chapter 13	Chapter 14
散步	哈！终于看透你
-- 057	-- 115

Chapter 15	Chapter 16
一无所有	基纳斯特
-- 119	-- 122

Chapter 17	Chapter 18
诗人	维尔克夫人
-- 125	-- 128

Chapter 19	Chapter 20
街道(1)	雪滴花
-- 134	-- 138

Chapter 21	Chapter 22
冬季	母猫头鹰
-- 141	-- 144

Chapter 23	Chapter 24
敲击声	提多
-- 146	-- 148

| Chapter 25 弗拉基米尔 -- 152 | Chapter 26 巴黎报刊 -- 156 |

| Chapter 27 猴子 -- 158 | Chapter 28 陀氏的《白痴》 -- 163 |

| Chapter 29 我的要求过分吗? -- 165 | Chapter 30 小树 -- 171 |

| Chapter 31 鹳和刺猬 -- 172 | Chapter 32 对康拉德·费迪南德·迈耶的些许颂扬 -- 177 |

| Chapter 33 某种说话方式 -- 180 | Chapter 34 一封写给特蕾泽·布莱巴克的信 -- 185 |

| Chapter 35 一则乡村逸闻 -- 188 | Chapter 36 飞行员 -- 191 |

Chapter 37	Chapter 38
皮条客	老板与员工
-- 194	-- 198

Chapter 39	Chapter 40
关于自由	一个比德迈式的故事
-- 202	-- 205

Chapter 41	Chapter 42
蜜月	关于塞尚的几点思量
-- 208	-- 212

Chapter 01
对某个请求的回应

你问我可否予你一个主意或梗概,作为一幕演出、一曲舞蹈或一出哑剧的大纲,我的想法大致如下:找几个面具、半打鼻子脑门,再来几簇头发眉毛和二十副好嗓门。若条件允许,再寻个画家,同时他还得是个裁缝,叫他为你裁剪一套戏服,赶制几幕结实精致的布景。接着,你穿上黑色大衣,拾级而上或眺望窗外,发出一声咆哮,一声短促厚重的狮吼,令观者深信,这是灵魂的呐喊、心灵的倾吐。

我要你倾注身心于这声呼号,予其风雅的内涵,令它听起来纯粹、恰到好处。如果你喜欢,还可拈起一缕发丝,轻柔地放在地上。此举若得当,将收获令人惊叹的效果——观众会认为痛苦已使你变得愚蠢。有时为了悲剧色彩的呈现,连最疏僻的方法都得用上——我这么说是为了让你更好地理解我以下的建议:将你的手指放进鼻孔,然后猛力抠挖。你以一个高贵忧郁的形象做出如此粗鄙可笑的行径，也许会引得一些观众悲泣，这取决于你展露的面部表情及当时的打光角度。记得一定要和灯光师打好关系，如此他才会尽心工作，尤其是帮你协调好容貌、手势、四肢及嘴部动作的和谐。

请牢记我先前的建议——我希望你仍记得——那就是，即使只有一只眼睛，无论是睁开抑或闭上，也可以表现出惊恐、优美、哀恸，或者爱慕。展现爱意并非难事。天神眷顾，你必能在生命中的某个时刻直接简单地体会到爱为何物以及被爱的感觉。其实，人类的所有情感，无论是愤怒还是难以启齿的羞恼，皆是如此。此外，我建议你应常在房间进行力量锻炼，或到森林中徒步以增强你的肺活量；你还应参加体育活动，不过得精心挑选权衡；观看马戏团表演也是必要的，细察小丑们的举止形态，认真思索何种动作能够表达灵魂的扭曲抽搐。亲爱的先生，戏剧是诗歌面向普罗大众的世俗化声音，你的双腿亦能有力表达灵魂的确切状态，面部表情及手势的作用则无须再提了。就连毛发都要掌控自如，倘若你想表露惊悸，便汗毛倒竖，而你的银行家和杂货商观众们亦会目露惶恐地回视你。

想必此时的你应该正陷于沉思，默然无语，然后抬手挖鼻，如同粗鲁无知的孩童。现在该开腔念台词了。然而，在你正要开口时，一条凶残的绿色长蛇吐露着芯子，从你因痛苦而扭曲的嘴巴里蠕动而下，盘桓于发尾处。你全身惊颤不止，观众的惊骇尖叫席卷全场。但此刻你已开始呈现新事物了。你将一把长弯尖刀刺入眼中，刀锋鲜血滴淌，于颈下破喉而出。而后，你又燃起了一根香烟，透着一股诡异的安逸，仿佛在享受着什么。这时，漫流全身的鲜血都化为了星星，于大厅曼舞，炽烈狂野，但你却张开大口，将它们一个一个攥住吃掉。此举会令你的戏剧艺术臻至完美。接着，台上堂皇的房屋布景如受惊的醉汉般轰然倒塌，将你深埋其间，仅剩一只手从烟尘迷蒙的废墟中举起，而这只手仍在艰难向前。最后，帷幕缓落。

Chapter 02
鲜花的节日

在矢车菊①盛开的季节，人人身别蓝花招摇而过，只有在此刻，那些科学论著的作者们方显露出他们的童真。每一件有关矢车菊的蠢事，无论是美好的抑或是低俗的，我都欢欣热情地参与过，并且表现得十分滑稽。几个旁观者朝我投来异样的目光，神情高傲且诚挚，但我依旧沉醉其中，怡悦丝毫不减。我开始漫游，红着脸从一个酿酒厂信步至另一个酿酒厂，又从蒙茨大街闲逛到莫茨大街，国花花香一路相送。全身披戴着矢车菊蓝，令我觉得自己仿若也是上流阶层的一员，越发高贵了。噢，这种甜蜜将我笼于云山雾海，亦予我无边愉悦，令我不禁翩跹而起，幻想着自己家资巨万，德才兼备，事业如日中天。无论现实的我是何种境况，此刻的我已彻底自我陶醉于一种难以言表的安谧之中。我挑选了一大束层叠妍丽的紫藤花，

---

① 蓝色矢车菊被誉为德国国花。——译者注

捧在手里,芳香沁人。顺便提一句,这样的花朵的售价是一打七便士。我和服务生之类的人员一向关系紧密,这个信息也是我无意间从一位侍者处得知的,他实诚得有些愚笨,下单时口里总嘟囔着"好吧,好吧"。

总之,每逢花季,我都得强迫自己成为一个无情的混蛋,对它们的雅致内涵视而不见,然后狂奔离去,嘴里还大喊着:"是的,花季真是太美好了!"它们丝毫无可笑滑稽之处,相反,它们有着典雅真挚的气质。当然,在我们这些凡夫俗子中,总有那么一些固执古怪之人,对他人在纽扣处别上一抹芳香的举动嗤之以鼻。至于我,正如我先前所说,在花季我向来神采飞扬,而花儿常为人增色添彩,因此我尤喜以花为饰,只恨不能覆满全身。简言之,在植物日,我便似一棵摇曳娇嫩的植株;在即将到来的紫罗兰日,我便化身一朵羞怯避人的紫罗兰;雅量如我,有必要时甚至能变为一簇雏菊。未来某日,无论是谁,我都会坚持恳求他在双唇间衔上一朵金凤花。而耳朵亦是鲜花绝佳的摆置之所,在矢车菊花季,我总会在耳后塞上一枝,那是再得体不过了。引人入胜的玫瑰花季也已近在咫尺,就让它们朝我奔涌而来,点缀铺满我的小宅。当然了,作为紧跟潮流的新时代男士,我也会噘起嘴在鼻子下放上一枝玫瑰。菊花绽放时，我亦同样倾尽热情，近乎所有的花卉皆能令我屈膝为仆，并且甘之如饴。

然而，即便如此，那些风度欠缺的古怪家伙依旧存在。重点在于，我仅企望能够享受自己的生活，但有人觉其可笑，便大肆抨击。现在我且将话题转向这世间最美好的存在——女人。绚烂的鲜花节日只为她们而设，只因她们而诗意灼灼。若一个男人沉溺花丛，那确实有一丝反常；但若一位女士在发间戴上一朵花儿，或给男士带去一捧鲜花，就是自然而然之事了。这样的女士，只需稍许做个手势，我顷刻便轻颤着拜倒在她的脚下，欢忻着询问她怀里鲜花的价格，毫无犹疑地将其买下，而后面色苍白地在她的柔荑轻拂下一个灼热的浅吻，在心里发愿要为她奉献一生。是的，在这些属于花儿的节日里，我的确一直规行矩步，无稽越之举。有时为了振作精神，我会一头扎进快餐店，点份午餐肉三明治，大快朵颐。我嗜好午餐肉，我也恋慕花儿。我钟爱许多事物。同样地，一个人在行使其公民权利时，他人不该在旁做怪相，指指点点，每个人都有权对这些鲜花盛会视若无睹，并报以淡然一笑。这些是生活中确已存在的事实，皆应得到尊重。难道不是吗？

Chapter 03

裤子

沉湎于对裤子这一精致事物的冥想,终于能撰写关于它的报告,我自是激动难耐,甚至提笔之时都不禁莞尔。女性向来诱惑可人。裤装的设计尤应广纳诚挚且理性的男士们的意见,而每每谈及裤子的样式潮流,必然涉及那项令人心跳加速、血脉偾张的事物——腿,它也是裤子覆盖且突出的部位。从某种程度而言,女性的双腿也因此被拉到了一个引人瞩目的位置。所有对女士的双腿盈满欣赏倾慕的人,都会对裤装的流行大加赞许,我亦不例外,尽管我也喜爱裙摆飘飘。裙装典雅,叫人敬畏,隐蕴神秘的气质。相比之下,裤装则多了几分粗鄙,甚至偶尔会给男士们带来一阵惊颤。从另一角度讲,为何我们现代人就不该被恐惧轻微支配?于我而言,我倒觉得我们急需一波震摇以唤醒自我。

倘若世间事皆如我所愿——幸运的是这并无可能——裤子

应设计得更为紧贴双腿柔嫩丰满的肌肤，以显露其线条与优雅。若此设想成真，在我看来，这将是时尚的一次胜利，而我也会愉悦得甚至昏厥在地。这似乎已是我们的极限，好在作为上帝的弃子，我们仍可激昂地憧憬未来。毋庸置疑，蜕变已近在咫尺。显然，我们男人以往的优势正被女士取而代之，她们身着暂时仍肖似裙装的长裤，自我们眼前蔑视而过。灯笼裤！亚洲与土耳其特色交杂其间，我必须坦白，在我眼中无丝毫魅力。土耳其的裤子及头巾亦无法引起我的兴趣。然而我依旧认为，裤装必将日臻完美。现今的裤子样式处处流露着荒谬愚蠢，太过保守窘迫。女性同胞们，听着，如果你们真想叫我们惊艳，那你们对裤装设计的要求就必须更加大胆活泼。总有一天，优雅的女士们会身着大不相同、别具一格的裤装漫步大街广场。

裙装如今式微，我们的文化感受亦愤懑不已，这真是一大憾事。关于露脐装，巴黎已灵感枯竭了吗？似乎巴黎的时尚人士江郎才尽已有些时日，而那个永远不乏灵性梦想的巴黎业已消亡。这便是重点所在。裤装潮流对露脐装一无所知。女性最美丽、对感官最具诱惑力的部位无疑是上腹部，但这个最具魅力的特质已难觅踪影。裤子必定覆盖肚脐。我心如刀割。而今，女士们美妙柔滑的微圆背部已消失于视野。这实是可悲可叹！女士们再也无意展露曼妙体态，而这便是她们反叛意识最直接的证据，对我们这些老爷主人，她们只有轻蔑。任何我想取悦之人都是我精神与感觉上的主人，这是再明显不过的事实。裙装与裤装的秘密也不外乎如此：对自身所处地位的反叛、抗议、妥协以及坚持。噢，真是可悲可叹！男人们啊，这可真是可耻的溃败！

然而，你的耳畔飘入一声低语：女性也同样被牵连其中，这场较量没有赢家，只会削弱对彼此的吸引力。女士们强迫男同胞将自己视为伙伴和同穿一条裤子的好兄弟，却反而将自己折磨得苦不堪言。心底的声音在低诉，真悲哀。而且，它也深远地影响着女性的政治诉求问题。轻便的裤装使她们更加轻盈舒适地迈向投票站点。但是亲爱的女士们，当你们发觉投票的无趣之后便会感觉深受欺骗。她们想刺伤自己，那就随她们去吧。极富骑士风度的男人们已无能为力，只能绝望地垂下头颅。这便是裤装的精髓所在以及它可能引发的惊人后果！

Chapter 04
两则轶闻

- 南瓜头 -

从前有个男人，该长脑袋的地方空空如也，只顶着个中空的大南瓜，这大南瓜对他毫无助益，但他却仍心心念念想要当第一做老大。他这类人大多是这样的：没长舌头，只有一片橡树叶子在嘴巴里晃晃悠悠，牙齿也都被刀子切掉了；眼窝里头没有眼珠子，只有两个圆溜的空洞，空洞里边烛火闪烁不定，这就是他的眼睛了。这样的眼睛注定难以远视，他却仍吹嘘着自个儿的眼睛是绝顶好的。他常给自己的南瓜脑袋戴上一顶高帽，与人交谈时便款款脱下，以显自己的礼貌。有一次，他外出散步，大风刮过，眼底的火苗倏然熄灭，却遍寻不到火柴再次将其点亮，黑暗中他找不到回家的路，于是他双手抱头，蹲地大哭，几欲寻死。不过，死也不是一件易事。首先，得有只虫子来把他嘴巴里的橡树叶吃掉，然后还得有鸟儿在他的南瓜脑袋上啄出个洞，最后再有个小孩子拿走那两个蜡烛头。这样，他就可以死去了。而虫子还在享用着树叶，鸟儿仍在啄洞，小孩依旧开心地把玩着蜡烛头。

- 女仆 -

一位富有的妇人雇佣了个女仆照看她的孩子。这个小孩如月华精致，如落雪纯洁，如朝日可人。女仆对幼儿的宠爱丝毫不比她对日月的热爱和对上帝的敬慕逊色。但有一天，这个孩子失踪了，无人知其下落，女仆便踏上了寻找她的漫漫远途。她寻遍了世上的每座城邦、每个角落，甚至连波斯亦留下了她的足迹。在波斯时，她于某晚来到一座塔下，这座晦暗高塔坐落在一条晦暗大河边。塔顶红光闪烁，虔诚的女仆便向其发问：你可否告诉我孩子现在何处？自她失踪起，我已苦苦寻觅了十年。灯光答道，那你便再多找十年吧。随后灯光隐入暗夜。于是，女仆又四处苦寻了十年，行遍了星球上的每条大道小径，最后来到了法国。法国有个雄伟堂皇的城市，叫巴黎。女仆行至此地，某晚，她在一座高雅的花园门口悲泣，因为她仍对孩子的下落一无所知。她掏出一条红色手帕轻拭眼角，突然，花园大门洞开，她的孩子从里面缓步而出。见此景，女仆喜极而亡。为什么她就此死去？这样的寻觅对她有任何好处吗？她年已垂暮，无法再继续承受。而当年的幼儿也已出落为优雅标致的女士。若你有幸遇上她，请替我向她致以最美好的祝福。

Chapter 05
气球之旅

队长和小女孩、绅士三人相继爬进篮筐，抛锚绳索释开，这座不可思议的房子缓缓升空，仿佛它有什么要紧事需要思量似的。"一路平安！"底下的人群挥舞着礼帽、手绢欢呼着。此刻已是夜里十点。队长从箱子里拿出一张航图，询问绅士是否愿意测读航图。图上比例尺刻度清晰，一目了然。周遭一切被覆上了一层棕色的薄膜，月华映洒的夜幕似有一双隐形的大掌，将这个堂皇的浑圆气球轻柔地拉升至怀里，而晚风正不露声色地将它吹往北去。在看图的间隙，绅士偶尔会遵照队长的指示往底下的晦暗深渊掷出一把碎石。甲板上只有五麻袋砂石，必须节约使用。温柔月华抛洒于河面上，银光粼粼，地上的房子如无害的玩具，小巧玲珑；森林似在吟唱古老歌谣，又仿佛是在无声传诵着什么深远讯息，触动心弦。地球肖似一个沉睡的巨人——至少在那个年幼的女孩的想象中确是如此，她双手慵懒地轻搭在篮筐的边缘。梦境中，骑士头戴中世纪的羽毛头盔，身上却是一副现代人的装束。这个星球是如此静谧！一切尽入眼底：小镇街上的人群，教堂的尖塔；一日劳作后正穿过农田的苦力；如幽灵般疾驰而过的火车；还有蜿蜒的白色高速公路。人世的懊悔忧伤低语着从地底传上夜空，远僻村庄的寂寥音调独特，叫人感同身受。当三人望见易北河的明晰航路，不禁目眩，对它的色彩心生感叹。夜里的河流引来女孩的惊艳低呼，她又在想些什么呢？她从随身带着的花束里抽出一枝盛放的深红玫瑰，扬手扔进波光摇曳的水面。她做这个举动的时候眼底忧伤漫溢，好像她自此摆脱了某个令人痛苦的矛盾思绪——因为与折磨你的事物分离其实并不是一件快事。整个世界是如此缄默！远处某个城镇灯光闪烁，精明的队长轻声吐露出它的名字。这高度真是美妙诱人！午夜里，无数密林原野被抛置脚下；潜行的盗贼正搜寻猎物；人们在床上睡梦酣甜。星球沉入梦乡，人们从辛劳中抽身休憩，女孩笑了。此情此景是如此温馨，好似置身灯光暖黄的家中，与母亲手足，抑或爱人，读一个美好而平淡的悠长故事。女孩累了，沉沉欲睡。纯洁雅致的高原星星点点地镶嵌成花园与灌木丛，两个男人站在篮筐中，沉默而坚定地望着夜幕下的万物，凝视着这些也许永远都没有理由与机会踏足的土地。绅士默叹,脚下的这个星球是多么的高深莫测!在高处,自己的国家一览无余,未经开放之地犹如璞玉,生机盎然。气球已飞越两个省份,晨曦微现,村庄里的人们悠悠转醒。队长朝着下方大喊:"这个地方叫什么名字?"一个男孩声音清亮地回应了他。两位男士仍目不转睛地凝睇下方,此时,女孩也醒来了。色彩逐渐浓烈了起来,景物亦越发明了。湖泊隐秘于山林间,古旧的城废墟在茂密植被中矗立,高山耸峙,成群天鹅摇晃着戏水,人声越加清晰,最后,朝日光辉四射,为这颗迷人的星球带来深深吸引。气球扶摇直上,女孩不禁惊得战栗,身旁的男士轻快地笑了。

Chapter 06
图恩湖畔的克莱斯特

克莱斯特曾在阿勒河上的一座小岛寄居,住在毗邻图恩湖的一幢乡郊别墅里。在一百多年后的今天,我终于敢大胆推测,那时的他应是漫步过那座十米长的小桥,拉响了门铃,然后里头的人自楼上如蜥蜴般滑下应门。"你们这里还剩有房间吗?"短暂交涉过后,克莱斯特便舒适地在那三间租金低廉的房间里安顿下了。"一位可爱的伯尔尼姑娘为我操持家务。"优美的诗篇、孩童和英雄事迹,这三件事情填满了他的思绪。而且,他身体还有些不适。"上帝才知道我到底怎么了。我究竟得了什么病?不过这儿确实很美。"

他自然是笔耕不辍。偶尔他会乘马车前往伯尔尼,会一会那些同样对文学满怀热爱的朋友,与他们分享自己的近作,那些朋友自然是大肆吹捧。他们虽察觉克莱斯特为人有些古怪,但他可是写下了《破瓮记》的人物,性格上有些许怪僻又何足挂齿？春天脚步已近，图恩湖周围的草地盛开了野花，香飘弥漫，蜂群曼舞。但烈阳有些过于热情了，克莱斯特每每端坐提笔，便似有光耀灼目的火红热浪自耳边翻涌升腾，令他烦扰不已。他暗咒自己的职业，其实初来瑞士时，他本想成为一名农夫。这是个不错的想法——诗人总是灵感四溢的。

他时常坐在窗边。约莫是早上十点吧。孑然一身的他也祈望身畔能有一个声音、一双素手、一具温热身躯；但得是怎样的音色、双手和躯体？这些又有何用呢？窗外，镶嵌在群峰间的湖泊安谧动人，笼罩迷失于茫茫的白色芬芳之中。倒映在水面的乡村景象仿若精致花园，缀满鲜花的小桥与弥漫香气的草坪在幽蓝的空气里漂浮荡漾。克莱斯特斜倚在窗边凝望远方，想将关于自我的烦忧抛诸脑后。已蒙上一层时间灰尘的旧居却闯入了他的思绪，母亲的脸庞，喑哑的叮嘱，清晰可见，一一可闻——他起身冲进花园。他坐上轻舟，朝轻灵的湖面划去，水面朝阳在脸颊印下难以抗拒的热吻。整个空间仿若一册相簿，群峰则为其中一页，是一位灵气的业余画家为这本相簿的女主人巧手描绘的。相册的封面是纯粹的绿，恰到好处，湖边山麓小丘的绿则还间杂有其他馨香漫溢的色彩。噢！他脱去上衣，奋身一跃扎进了水中，那真是可爱极了！岸上传来妇女们的轻笑，小船在黛青的湖面悠悠打转，他在水中游动，周遭的世界似在深深地拥抱他，多么怡悦，却又那么哀愁！

有时，特别是在清明的夜里，他总感觉这里就是世界的尽头，阿尔卑斯山脉则是一扇遥不可及的大门，通往悬于山脊之上的天堂。他在自己的孤岛里踱步。有女孩闲逛到外头的灌木丛中盥洗，暗黄的微光闪曳，泛着一种病态的优雅。被积雪压出褶痕的山峰脸色苍白，病容微露。主宰世间万物的是一种无可更变的无形美感。急流里游窜的天鹅似被美的符咒捕获，连空气里也充溢着病态的气息。克莱斯特盼望着一场惨烈的战斗；自觉卑劣而多余。

他外出散步，一路扪心自问，为何他偏偏是个无事可做、可挑战的人？他切实感受到了体内正温和叫嚣的元气与力量，一场体力运动便能震颤他整个灵魂。他在古老的高墙间穿梭，深绿色藤蔓则在暗灰石缝里攀延，直至城堡山的顶端。夜灯接连亮起，岩壁边上矗立着一座亭子，他就安坐在那儿，任灵魂在绮丽静谧的夜景里翱翔。若此刻能感觉舒适，恐怕连他自己都会讶异。读份报纸？抑或同某个受人尊敬的笨蛋官员来场愚蠢的政治辩论？他并不快乐。他过于敏感，沉溺于那些踟蹰不定的感觉无法自拔。他想大声哭喊，问一问上帝，我到底是怎么了？他朝黝黑的山脚发足狂奔。黑夜给了他少许宽慰，回到屋子里安坐下来，决心认真写作。灯火隐匿了他对所处之地的想象，清醒了他的头脑，于是，他开始动笔。

一到阴冷的雨天，周遭便归于沉寂，仿佛连整个空间都在跟着他一块儿颤抖。绿色灌木丛为消失的阳光呜咽哀鸣，泪如雨下。山顶上飘过大团脏兮兮的乌云，如同横在额前蓄意谋杀的大手。整个原野仿佛瞬间枯萎，以躲避这魔鬼似的天气。湖面沉闷阴森，水纹都泛着冷意。暴风哀号，如诡异的警告，在陡坡间扫荡，万物都显得那样渺小。天色晦暗压抑，叫人恨不得抡起重锤，杀出一条出路，从这里逃离！

到了周日，天终于放晴了。钟声响起，人们陆续离开山顶的教堂。女孩和妇人们大多身穿缀满亮片、蕾丝镶边的黑色紧身上衣，男人的衣着则相对简单朴素一些。他们手里拿着祈祷书，脸上满溢着宁静和悦，似乎所有焦虑都凭空消失，一切争论不睦皆已克服，烦恼也已悉数抛诸脑后。钟楼音浪洪亮，引人驻足，与这个沐浴着阳光的小镇一同辉耀。克莱斯特默立阶前，凝望着人群散开，心中涌起一股奇异的感觉。他目睹许多农夫的小孩，犹如天生的王子公主，带着流淌于血液中的尊贵与自由，缓步走下阶梯。他还见到了一群来自乡下村庄的大块头英俊男子，那些村庄可不是分布在平原上，而是深嵌在高山幽谷里，狭长如巨人的臂膀，农田牧场斜陷于山体的裂缝破口，气味浓烈的野草小块生长在沟壑陡崖的边缘，屋舍如星辰般散落在草地上。

克莱斯特尤爱周日的集市，每到这天，大街小巷便拥满了蓝色工作服和农妇的粗布衣衫。在人行道旁的这条弄堂里，货物成堆放在石头拱顶和单薄货摊上，带乡村口音的杂货商人卖力推销自家物美价廉的珍藏。这一天，太阳总是格外的灿烂火热。克莱斯特享受随着拥挤人潮漂流的慵懒，而无论他去到哪儿，都能嗅到奶酪的香气。在一些档次较高的店铺里，端庄的村妇用心地挑挑拣拣，男人们则叼着烟斗闲晃。牛羊被牵着路过，路旁有个男人正手拿棍子，哼笑着敲打他的粉色小猪前行，但小猪赖着不走，他愤而抓起它夹在腋下，大步跑走了。人们的体味透过衣物弥漫，酒宴和舞蹈的喧嚣自酒馆里破空传来。有时，马儿会被买卖和闲聊的人群团团围住，使得马车无法通过。艳阳在物件、脸庞、衣物、篮筐和货品上折射出令人目眩的光芒，人、物俱在挪移，那斑斓也便随着四处闪烁。克莱斯特不禁想要祈祷，因为恐怕再也找不到比此活动的声响更庄严的音乐，和比这集市的人们更纯粹的灵魂了。他想找个街口席地坐下，于是他继续往前走，与身穿高腰裙的妇人、如油画里的意大利妇女一般头顶竹筐的柔和少女、酩酊的醉汉、叫喊的警察一一擦肩，路过泛着香气的壁龛、绳索、长棍、食物、人造珠宝、礼帽、高马、面纱、毛毯、羊毛长袜、香肠、黄油和奶酪厚片，而后穿过喧嚣，来到了阿勒河的一座桥上，斜倚在横栏处凝视桥底日夜奔流的深蓝河水。远处的城堡塔楼闪烁着褐色流火。这与意大利也便相差无几了吧。

平日里，克莱斯特偶尔会觉得，这个小镇已被阳光和静寂施了魔法。他驻足于古旧的市政厅门前，审视闪着微光的白色墙上镌刻的落成日期，数字的锋利边缘已被岁月磨平，无可挽回，如同已被遗忘的民间歌谣。克莱斯特自木台阶拾级而上，去往从前伯爵居住的城堡，腐朽的木头散逸着年岁的气息。他在一条雕花的宽木凳上安坐，静享古老城堡的景色，随后却阖上了双眼。目之所及均覆满尘埃，似昏睡已久，毫无生气，连身侧之物都蒙上了一层不切实际的遥远距离。一切皆被燥热的雾气裹挟其中，这盛夏，到底是怎样的一个夏天？他呼喊着："真是生不如死！"他手足无措，连眼神和呼吸都无处安放，仿佛一切只是一场虚幻的梦境，可他并不想要梦。最后他只能宽慰自己，他只是独身太久了；他也不得不颤抖着承认，自己与这个世界的联系竟只剩冷酷。

夜幕降临。克莱斯特坐在教堂后院的高墙上，空气潮湿闷热，他不得不解开衬衫透气。下方的湖泊像是上帝掷下的礼物，周遭投射着黄红阴影，似从水底升腾出一股炽热，堪称火焰之湖。阿尔卑斯也苏醒了过来，优雅地将前额轻浸于水中。天鹅悄然围住湖中的孤岛，树冠在夜色中婆娑吟唱，怡悦划过——划过哪儿？——划过一片虚空。克莱斯特将湖水一口饮尽。在他眼中，暗夜里波光粼粼的湖泊就是一个高大笨拙女人身上的一簇宝石。菩提树、松树和花丛散发着香气。底下传来一阵轻柔微弱的声音；他不仅耳朵捕捉到了，眼睛也看到了。那是前所未见的景象。他渴望一些难以捉摸、不可思议的事物。湖边礁石系着一叶轻摇的小舟；克莱斯特第一眼并没有瞧见预想中的画面，但他看到了指引的灯笼，正随风摇曳。于是他盘膝而坐，头往前伸，似乎已然做好为了那诡谲深渊纵身一跃的准备。他祈求在那图景里朽败而终。他只想拥有视觉，哪怕只剩一只眼睛。不，有什么不一样了。空气本应是座桥梁，而眼前此景本应是把让人安坐休憩的椅子。夜色已浓，但他却不想归去，转而投向隐匿在灌木丛下的一处墓穴，蝙蝠嗖嗖飞绕，微风轻拂，树梢低语，漫着清香的野草遮覆着逝者的骨架。他既愉悦，又悲恸。孤独如影随形。为何那位逝者不能起身与他交谈片刻？在如此夏夜，就该有美眷为伴。关于洁白胸脯与红唇的遐想令克莱斯特倒躺在地，穿戴整齐着翻滚进了湖里，时而大笑，时而恸哭。

时光飞逝，克莱斯特销毁了一件、两件、三件作品。他追求对文字的精致掌控，可现时笔下的又是什么玩意？只能尽数撕毁。他祈望一些更加狂野、更加诱人的新东西。他开始了《森帕赫战役》的写作，以奥地利的利奥波德为主角，其曲折命运深深吸引着克莱斯特。同时，他又忆起了他的作品《罗贝尔特·居伊斯卡》。利奥波德聪慧镇静却又单纯正直，粉身碎骨如卵击地，只为换来捷报，他想让这个男人大放异彩，纵使成为诗人就是场彻头彻尾的灾难，他也决意沉沦，"于我而言，最好之事莫过于及早毁灭"。

他写下的字句并不能令他开怀，他的创作流产了。入秋时他大病了一场，妹妹专程赶到图恩接他回家。此时的他双颊深陷，眼眸无神，头发凌乱打结，脸色神情似极了一个灵魂已被侵蚀的人。他自觉脑海里充斥的各种念头正将他拖入无垠深渊，心中盘旋的诗句如乌鸦叫声般聒噪。此刻他想将所有记忆统统抹去，想摆脱生活的阴影，但他得先打碎裹挟着生活的那层硬壳。狂怒肆虐，烦忧漫溢，对周遭一切轻蔑以对，却又苦痛缠身。"亲爱的，你到底怎么了？"妹妹抱着他轻叹。"没事，我没事"——他不该绝口不提，真是大错特错！手稿在地板上零散一地，犹如被父母遗弃的孤儿。他轻挽住妹妹的手，凝望着她，默然不语。那眼神空虚若骷髅，妹妹不禁一颤。

他们就此离去。往日为克莱斯特操持家务的女孩向他挥手作别。那是一个明媚的秋日午后，马车行过桥面，路遇行人，穿过小巷，探头出窗外，万里晴空，树下野草已微微枯黄，目之所及都那样清丽，盈满秋日的韵味。车夫叼着烟斗。一切宛若昨日。克莱斯特蜷坐在马车一角，图恩城堡的塔尖已消失于群山之后，愈来愈远，妹妹朝那个美丽湖泊投去最后一瞥。渐渐地，便看不见农舍了。车轮飞转，觑一眼窗外，景色皆在舞蹈、旋转，而后消失不见。秋天的面纱悄然铺落，云团里漏下缕缕阳光，万物都镀上了一层金黄。然而，尘埃泥泞里也闪耀着同样的金黄。崇山、绝壁、溪谷、教堂、村庄、孩童、绿树、微风、云朵——这些又有何特别？难道不都是寻常之物，不都是垃圾吗？克莱斯特目之所及只有一片空茫。他幻想着白云蓝天，还有一双爱抚温柔的手。"你感觉如何？"妹妹关切道。克莱斯特嘴唇轻颤，想要挤出一抹微笑。费尽气力，最后终于成功,好似在展露笑容之前得先把压在嘴上的大石搬走。

妹妹小心翼翼地鼓起勇气,建议他得尽快接受治疗。他点头应许。乐曲和耀眼光斑令他的思绪摇曳。事实上,他自我感觉良好;病痛缠身,同时自觉舒坦。是的,的确有什么在隐隐刺痛着他,但却不是位于胸腔、肺部,抑或大脑。到底是何物?又潜藏何处?好吧,反正就隐匿于某处,让人难以捉摸。也就是说,他无话可诉。当他欢悦如稚儿并向妹妹略吐一二,她便摆出一副肃穆的脸色,指摘他对自己生命的轻慢。当然,他若情况好转,她心里必是十分欢喜的。马车仍在飞奔,这可真是一趟漫长的旅程。他见到悬挂在入口处那块熟悉的大理石板,板上指示着在这里安居的人们,去往阿尔卑斯的旅人可以查看;图恩的孩子可以一字一句地诵读,然后疑惑着目目相觑;犹太人可以阅读,天主教徒、土耳其人亦不例外。若我愿意,我也可再通读一遍。图恩就伫立在通往伯尔尼高地的入口处,每年迎来送往。我曾在这地区的一个啤酒厂当办事员,对此地可算得上有些许了解,它远比我笔下所绘迷人,湖水有两倍湛蓝,天空有三倍优美。图恩举办过一个商品交易会,确切时间我记不得了,大体是四年以前的事情了吧。

Chapter 07
求职信

尊敬的先生：

　　我是一个穷困潦倒的失业青年，我的名字叫文策尔。我渴望找到一份合适的工作，我想客气地问一下您，您明亮宽敞的办公室是否有空缺予我。我了解，您的公司历史悠久，发展势头良好，因此我不禁推测，我在其中寻到一个舒适的小空间应不是难事。希望您能明白，于我而言，一个小小的避风港是再适合不过的了，我生性细腻，安静有礼，知足常乐，只求一小块安身之所，为社会做出力所能及的贡献。一小块静谧的荫庇之地便是我梦寐以求的全部，倘若我这个梦想能够成为圆满绚烂的现实，我必将化身为您最热情忠诚的仆人，准时尽责地履行好我的职责。艰难的大任务我恐怕无法胜任，要求广泛的使命过于艰苦，我的精神同样难以承担。我并不十分聪明，因此我不喜耗尽我的智力。我是一个梦想家，而非思想家，我思想悲观而不敏锐。在您这样拥有许多子公司的大机构里，想必应能提供一份可以在梦里完成的工作吧？——我视微小谦卑为美，恐惧厌恶一切巨型严苛之物。我只渴求安稳，若能求得，必每日感恩上帝的眷顾。远走世界的激情我从未有过，对非洲的沙漠亦全无兴致。好了，现在你应该对我的为人有所了解了。正如你所见，我笔触流畅优美，可见我也不是全无才华；我神智清明，但我拒绝担负过多责任；诚实真挚是我的品格，这在而今这个社会可算难能可贵。尊贵的先生，我将成为您最忠诚的仆人。静待您的回音。

文策尔

Chapter 08
小舟

　　我觉得我先前已描绘过这幅场景，不过我想再提笔重述一次。湖心摇曳着一叶扁舟，一男一女安坐其间。幽黑夜幕里明月高悬，周遭静谧温暖，来一场梦幻的爱之旅正正合宜。那男子是否为诱拐者？而女子又是否为甘之如饴的受害者？我们不得而知；只能望见他们亲吻的热烈。倒影里的黝黑高山像一头怪兽，岸边农舍的窗户漏下几许昏黄，无声无息，万物都被裹挟在一片幽暗甜蜜的宁静之中。繁星在夜空闪烁，又自安睡在湖面的天空处飘远了。湖水是月亮的挚友，它将月儿拉入怀中，如爱侣般拥吻。月牙沉入水中，仿佛一个年轻的王子只身赶赴一场危险莫测的邀约，它在水中的显影宛若一个优雅的灵魂于另一个渴望爱情的灵魂中的反映。月亮宛若沉湎爱河的情人，水波则犹如拥抱爱人的夫人，这肖似真是令人惊叹。小船里的男女依旧安静，船桨悠然地躺在水中，那个漫长的甜吻已将他们俘虏。在小舟中相对而坐的他们,在月华下热烈拥吻的他们,坠入爱河的他们,此刻幸福吗?会一直幸福吗?

Chapter 09
随笔一则

今日我在山间漫步，天气湿潮，所见一片灰暗，小径却意外地柔和干净。起先我还穿着外套，后来便索性脱了，折叠好夹在腋下。信步在这美妙的山间小路令我的心情越发欢腾，许久后才稍微平静了些。群峰巍峨环绕，宛若一个巨大的戏院，山路偎傍着绿树一路蜿蜒至山中。我行至一处深谷，河水在旁奔腾，火车飘着袅袅白烟呼啸而过。山路如一涓细流穿过峡谷，越往下走，越有一种溪谷正兀自转弯缠绕的错觉。灰霾的云团慵懒地悬在山顶，仿佛那儿便是他的栖身之处。我路遇一个背着帆布背包的年轻旅人，向我询问是否有见过他的两个同伴。没有，我轻声答道。你是从很远的地方过来的吗？是的，我应道。然后我便继续往前走了。不多久，我就遇见了两个听着音乐的青年漫游而过。白色岩壁下簇拥着简陋的农舍，真是一个迷人的村庄。我碰见了几辆货运马车、几个玩耍的孩童，除此之外再无其他。其实，我们并不需要特意寻求什么非凡之物，平日所见已然弥足珍贵。

Chapter 10
黑尔布林的故事

我叫黑尔布林，我深知大概无人自愿为我作传，只能自己提笔写下我的故事，如今，这种事在久经世故的世人眼中已是稀松平常。其实，我的故事很短，因为我还年轻，这是一册距离完结还有很久的书。我身上最引人瞩目的便是我的平凡。我仅是芸芸众生中的一员，而我却发觉，作为这世上的大多数人，他们很奇怪，因此我常思量："他们到底是在做些什么？又为了什么？"我潜藏隐匿于人群之中。当正午十二点钟的钟声响起，我自工作的银行仓促赶回家时，他们也和我一样脚步匆忙：这人超了那人的车，那人迈着大步赶上了另一个人；也有人在心里默想，"他们都会到家的"，而他们的确都平安回家了，因为他们皆是普通人，没有谁会找不到归家的路。我偶尔会自得于自己既不太矮又不太高的中等身材，若用一个词来形容，估计"适中"是最合适不过的了。吃午餐时我总在想，也许我可以在另一个谈话气氛更活跃、食物更精致的地方用餐，我在脑海中将镇上所有我知悉的地方搜寻了一遍，终于找到了一个也许于我挺合宜的地点。总的来讲，我对自己评价颇高；事实上，我很自我，我唯一关心的，就是如何盛情款待自己。我出生于一个不错的家庭——我父亲是偏远小镇上一位受人尊敬的商人——我总是能够飞速挑出身边事物的种种缺点，对此我应负全责；我的意思是，在我眼中，近乎一草一木都稍欠精致。我时常觉得自己令人愉悦、善解人意，但也有过于敏感脆弱的缺点，而其他大多数人与诱人文雅毫不沾边。怎会如此呢？仿佛这个世界尚需更多修裁。我还有一处欠缺，阻滞着我脱颖而出，那就是当我需要完成某项工作时，我总得花上半个钟头甚至一整个钟头的时间来思忖："我该不该把它解决了？还是我应该如往日一般搪塞过去就行了？"同时，我深觉我的同事们会指摘我懒惰怠工，然而事实上，我只是过于谨慎罢了。噢，真是冤枉极了！每至此时，我总会焦虑得不停用手掌猛擦桌面，直至轻蔑目光如刀掷来；抑或旋弄两颊、抚按喉咙、搔发掩面，仿佛那些工作任务正潜隐于我体内，而非堆叠案头。也许是我选错了工种，但我也觉得，无论从事何种职业，我都会有相同的举止，收获一样的失败。由于别人假想中的怠惰，我鲜少得到应有的尊重，他们喊我"空想家""懒骨头"。哎，他们就只会给别人贴标签！当然，从某种程度上讲，这是真的：因为我确实对工作鲜有兴味，我的才智在其中难有发挥。话及此，其实我并不清楚我是否可称得上"有才智"，因为每当遇到需要理解力与敏锐的工作任务，我往往难以胜任且表现愚钝。我惶惑失措，不禁怀疑自己是自封聪慧，但一见真章便显露马脚的那类古怪人。我有一连串奇思妙想，可一旦付诸实际，皆以失败告终，留下愚笨的我呆立原地。因此，我厌恶工作，一方面它挑战性不足，我的才能难以施展；另一方面，当它有了一丁点儿难度，却又立马超出我的能力范围。也是由于这两层原因，我时常迟到早退，虽只是早晚几分钟，但也让我背上了恶名。不过这对我影响甚微。比如，我深知在他们眼中，我就是个傻蛋，但我仍旧认为，他们有权发表自己的看法，我不能阻止。而我的脸容声音、举止步伐，也确实傻气十足。我给你举个例子，我时常眼神愚钝，轻易便让人对我的智力产生误解；也屡屡做无用功，呆头呆脑；连声音都有些古怪，讲话时仿佛连我自己都没有察觉我正在发声。我身上有些令人昏昏欲睡的特质，他们同样注意到了这一点。我总是把头发梳得油滑光亮，或许这也平添了几分无助的拙笨。偶尔，我会站在桌边呆望窗外或瞪视屋内,手里握着钢笔,半个小时没有动弹,只是间或于两脚转移重心;同事们斜睨着我,眼底溢满不解鄙夷,仿佛我就是个不可靠的可怜懒虫;他们投来眼光,我回以一笑,而后空荡着脑子继续做梦——倘若我真能了解何为做梦那该多好!我常思忖着,若有腰缠万贯的一天,我肯定立刻辞去工作,每思及此,我就如孩童般开怀。我薪水微薄,但我亦不打算安慰自己,我已经挣得够多了,尽管我几乎没干什么工作。很奇怪,我似乎天生没有自感羞愧的能力,若有人,比如我的上级,指摘我,我只会愤慨暴怒,因为他人的非难令我深感受伤,是我难以承受之重,纵然我亦清楚,如此谴责实是我应得的。我相信,反驳上司的指摘可以延长我与他的对话,那样子,接下去的半个小时便不会无趣了。若同事们认为我生活乏味,那他们就对了,我委实无聊得紧,全无令人振奋之事发生。无聊着并思索着该如何摆脱这种无聊——这便是我每日真正的工作,可我几乎一事无成。我有时会无意识地仰头打呵欠,然后抬起手缓慢地掩上嘴唇缝隙,我随即发现以指尖捻弄胡须、而后指腹轻敲桌面很是舒服,似置身难以识解的梦境。我对自己心生怜悯,甚至忍不住哽咽。可是,幻想过后,我会崩溃瘫倒在地板上,叩撞桌子的边缘,体味在苦痛中消磨时间的欢愉。对于自身所处的境况，我的灵魂并非毫无痛觉，若我静心倾听，有时还能捕捉到它的指斥，声音轻柔哀凉如我的母亲，她对我青睐有加，而我的父亲则恰恰相反，他比母亲有原则得多了。但是我的灵魂太过阴晦轻微，我应该珍视它让我感受的一切。在我看来，只有深感无聊之人才会谛听灵魂的轻声呢喃。我站在办公室里，四肢逐渐变幻成枝木，渴望着火苗溅起、烈焰沸腾的那一刻：桌子连同众人，随着时间推移皆深陷火海。时间，总令我陷入沉思。它飞奔而过，疾驰间骤然而起，随后又戛然而止，仿佛从未存在过。有时它会飒飒作响，仿佛一群受惊的鸟儿，我间或会听到此声响，这是件好事，因为这样便无须再作思考。但大部分时候却是相反的情况：只有死寂！人怎么可以察觉不到时间与生命正在往前行进？时至今日，我的生活仍是一片空虚，且毫无疑问，未来亦不会有所不同，这无尽的绝望在耳边轻语，催我沉入梦乡，叫我只做避无可避之事。因此我便如此行事了：我只在察觉到老板的腥臭呼吸时才假装勤勉工作。他总能给我提供些许消遣，所以我还挺喜欢他的。然而到底是何原因导致我对责任与工作缺乏应有的尊重？我渺小脆弱，怯懦愚钝，不谙世故，难以应对生活的艰辛苛刻。假如我依旧不做改变，我是否惧怕丢掉饭碗？是也不是。我心底既有惊惶燃起，亦有无惧弥散。也许是我太过愚笨而不懂畏惧：是的，我在同事跟前自辩时的幼稚蔑视或许只显露出意志薄弱，但是，但是，这也是我个性的完美呈现，我的举止总是有稍许异于常人，即使对我不利，我亦一如既往。比如，我常违反规定把闲书带到办公室摊开来看，纵使我并不享受阅读，但它显示出了我一贯的教养、风雅的固执以及想要高人一等的企图。我如鬣狗般狂烈地追求与众不同。若同事在我读书时发问："黑尔布林，你在看什么？"我便会发怒，因为这样可以让缠绕不休的发问者径自离去。阅读时，我举止罕见地端庄，时而环顾四周，看看同事们是否察觉到，有位聪颖之人正在提升自身思想与智慧；我优雅闲适地翻阅册页，无心其间字句，却只自满于想象中沉迷书册的自己。这就是我：只求其表，而不顾内里的愚不可及。我很虚荣，但我的虚荣心却极其容易满足。我只有粗布衣衫，却费尽心思变换花样，向同僚展示我对服饰和颜色的品味。我偏爱绿色，它让我想起森林，起风的日子我则喜着黄衣，因为黄色合宜风中起舞——我的看法也未必准确，毕竟大家时常指出我日常生活中的错漏之处，久而久之，便也相信我其实就是个傻子。然而，愚笨抑或受人敬重又有什么差别呢？落雨时不同样湿泞一身吗？

哦，还有太阳！我钟爱沐浴阳光，每至十二点归家钟声响起，若天有阴雨，我必撑起足以笼罩全身的雨伞，以免打湿我每日细致打理的珍爱的礼帽。我总觉得，只要我仍能绅士地行脱帽礼，我就还是一个幸运之人。每天工作结束时的庄重戴帽之举总能给我带来别样的愉悦，以这样的方式结束辛劳的一天方能给我稍许慰藉。我的生活里仅有琐事堆叠，我对人性探讨之类的大事并无热忱，这大概与我一贯的批判性思维有关吧。倘若遇见一个长发戴花、腰围皮裙、赤裸大腿布满伤痕的完美男人，大多数人会放声嘲笑，但我无法如他们一般，我会自惭形秽，并回以窘迫的微笑。他们还对像我那样油滑光亮的头型厌恶非常，生活在这样的人群中间，我无法大笑，只有恼怒满怀。其实，我挺喜欢恼怒的感觉，因此我常常一点就燃。我多有讥讽言论，却鲜有恶意，毕竟我清楚藐视他人的深重伤害。事实便是如此：我对周遭事物的观察鲜有所得，所学亦甚少，行为举止与离开学校之时相差无几。我身上仍有几分学生气，想必也会伴我一生。据说是有这样的人的，既无精进的能力，又无从他人处汲取养分的天资。我不屑学习，因为我觉得屈服于受教育的欲望实在是有失体面，况且，我所受教育已叫我学会如何风雅地持手杖、打领结、用勺子和得体地与人交流"谢谢你，昨晚我很愉快"，这便足够了。除此以外，教育还能带给我什么吗？坦白讲，我觉得教育也许"找错人"了。我追求钱财、安逸，这也是我对受教育的渴求的缘由。我自觉优越于矿工，即使他轻掸左手食指便能将我扫进脏污洞底。无论是底层穷人抑或是衣着端庄的人士，他们的力量与美丽在我眼中皆微渺如尘埃，我总思忖，他们那些每日为生计所困之人怎么能与我们这些在社会上享有优渥地位的富人相提并论？对他们，没有一丝怜悯在我心底泛起。其实，又该如何守护自己的初心呢？我都忘了，我还有"心"了——这本悲哀至极，但凄怆之情又该如何而起？我只有在损失金钱、新购礼帽不合身或者手头股票下跌时才会悲伤，即便如此，当有人问我是否真的难过，我略再细品，便会发现，那份惆怅稍纵即逝，早已飘散风中。不，也不全是这样，该如何表达呢——全无情感波动，甚至不知情绪为何物真真是十分怪异。人的情感应该只关乎自身，若上升至整个人类，则变得可鄙蛮横了。那么，对其他个别人的情感呢？有时我亦会自问，也会有轻微野心，想要成为温和且富有同情心的人，但何时才能做到这一点呢？也许是清晨时分，也许是其他时辰。每至周五，我便会开始安排周日的行程，因为有些事情必须在周日完成。我甚少独自外出散步，通常都是与一帮年轻朋友一同行动，尽管同样无趣——这很简单，与他们走在一处便是了。比如，我会带着彩带沿湖闲逛，或者前去森林徒步，抑或搭乘火车去往远方的美景。我常陪伴女孩们去舞会，我自认还算受欢迎。我脸蛋白皙，十指修长，身穿高雅晚礼服，手戴手套戒指，掌持镀银手杖，皮鞋锃亮，举止优雅，言辞引人瞩目而易躁，其中自有一种难以名状却引人喜爱的特质。我发言庄严矜重，可毫无疑问，亦有浮夸显耀。我好似一个正学习并享受舞步的学生，舞姿自信雅致，但过于仓促寡淡，准确有余而优雅不足。我到底该如何才能学会优雅起舞呢？无论如何，我仍旧深爱舞蹈。跳舞时的我只是一个漂浮于空中的快乐人儿，而非黑尔布林，那些工作中的繁杂琐事苦恼皆抛诸脑后。女孩们的微醺脸庞与亮丽服饰环绕眼前，香气四溢，与她们四目相交之时，简直飘飘欲仙：难道还有比这更快活的时刻么？我常伴左右的女孩中有一个是我的未婚妻，但她待我极差，甚至——我很肯定——对我不忠，我想她应该不爱我，而我呢？我爱她吗？我坦承，我确实有许多毛病，但我的确深爱她。她曾伴我度过良多欢愉时光，但也常令我万念俱灰。炎夏艳阳下，她总叫我替她戴上手套和粉色遮阳伞；寒冬雪地里，她准许我提着她的冰鞋快步跟在她身后。我不理解爱为何物,但却能感受它的存在。善恶之念与爱这一概念并不能相提并论,爱是唯我的——到底该如何表达呢?纵使我在其他方面毫无价值,但只要我仍有忠于爱情的才赋(虽然我有大把机会私通),那我就不是一无所有。我与她在晴空下沐浴阳光;在小舟中荡漾湖光山色,尽管我奋力划桨她却略感无趣。是的,我的确是个很无趣的人。她的母亲开有一间声名狼藉、工人聚集的小酒吧,我可以在那里待上一整个周末,对着她微笑,不发一言。偶尔,她会垂下头与我相对,我便献上一个轻吻。她脸颊有一处旧疤,使得嘴唇有些扭歪,但无碍笑靥如花;眼眸不大,闪烁间却似在倾吐心声。她常陪我坐在冷硬破旧的沙发上,于我耳畔低语着订婚的怡悦,而我常恐言语不当,不知该如何回应。有一次,她附耳在我唇边,问我难道没有什么可对她说的吗,我只能轻颤着答她,我不这么认为。她打了我一个耳光,而后冷漠地笑了。她与她母亲妹妹的关系并不亲密,于是她也不准我对她妹妹过于和善。她妈妈生性泼辣,酒糟红鼻,常和前来光顾的男人们厮混。不过我的未婚妻也时不时与他们聊天。有一次,她压低嗓音跟我说:"我不是处女了。"她音调平缓自然,我也没有提出异议,可我又该说些什么呢?在其他女孩跟前,我十分诙谐活跃,可一面对她,我便只能呆坐着凝望她的一颦一笑。每次我都静坐着直到酒吧打烊，送她归家。有时她不在，她妈妈会坐到我旁边，对我暗送秋波，我只能苦笑着挥手避开。显然，她妈妈对她十分厌烦，或者说，她们彼此憎恶，怨恨对方挡了自己的路。每个光顾酒吧的人都会注意到安坐在沙发上的我，并且留意到我即将成为新郎，为我送上祝福，但我并不关心这些。妹妹还是学生，常在一旁读书做笔记，然后递给我过目。过去我对这些小孩毫无兴致，但出于对未婚妻的深爱，我现在也渐渐领略了陪伴小孩的乐趣。诚挚的爱催人进取。冬季时她告诉我："春天来时我们可以去花园散步，那一定很浪漫。"春天如约而至，她却对我说："和你在一起真无聊。"她希望婚后能住在大城市，挖掘更多生活的可能性。堂皇舞会，美酒华裳，与各式有趣的人谈天说地，这就是她所钟爱并渴求的生活。其实，我也想要这样的生活，至于如何达成，我一无所知。我告诉她："也许下个冬天我就要失业了。"她睁大了眼睛问我："为什么？"我该怎样回答？我自然不能直截了当地向她剖白我是怎样的人，她会对我失望透顶的。直至今日，她仍认为我是一个有能力的男人，虽然有些古怪乏味，但总归有些权势。倘若我现在对她说"你错了，其实我连饭碗都快保不住了"，她必怀揣破碎一地的希望,头也不回地离我而去。我亦任它随风而去,正如他们所说,这是我的强项。假若我是餐厅老板、舞蹈老师、戏剧导演,抑或从事的是与娱乐服务业沾边的职业,或许还能行些好运,因为我本身就是一个自信轻浮却又安静温和的人,既能当地主、舞台监督,也能胜任裁缝之类的角色。为了给人留下深刻印象,我早已习惯,也乐意向人鞠躬哈腰,甚至是在一些不必要的、只有谄媚者与蠢人才会鞠躬的场合,我也照做不误,我实在是对这一步骤偏爱有加。对于正经工作,我既无才干担当,也无心思钻研。我想赚钱,但抬一下手我都嫌累。一般来讲,厌恶工作并非人之常情,但与我却是再适合不过,仿佛量体裁衣般相称,也许你会感叹可悲至极,但我为何不能发声,"我就是不适合工作"?然而我已不愿再多做辩解。我总埋怨是湖区潮气弥漫的天气阻滞了我对工作的热爱,于是,我决意去往南方的山麓地区找一份工。我可以管理一家宾馆或工厂,也可找家小型银行负责柜台工作。晴朗开阔的大好景色应能激发我潜匿的才能。总之,我坚信内在精神的升华来自于外部环境的转变。不同的气候往往催生出不同的午餐菜单,也许万物的本质便是如此。难道我真的生病了?大错特错,我只是对样样事均不擅长而已。难道我就是一个不走运的人？像我这样每天思考这些问题，是有病吗？无论如何都算不上正常吧？今天上班我又迟到了十分钟。我，黑尔布林，就应该孑然一身，无日月为伴，无文化熏陶，赤身孤立在高耸的岩石上，无狂风流水，无街道长椅，无金钱时间，甚至无一息留存。如此，我也就没有了恐惧，没有了苦恼，也不会再姗姗来迟了。我想象着自己永久躺倒在床的样子，或许，那便是最好的归宿了吧！

Chapter 11
小柏林人

今天父亲打了我一耳光——自然是以温柔慈爱的手劲。我脱口而出："爸爸，你真是个疯子。"我的确是有些冒失了。"女士应言辞高雅优美。"我的德语老师如是说。她着实令人讨厌，但爸爸不许我讥讽她，也许他是对的，毕竟学生就该有对学习的热忱与对师长的尊敬，而且，专找他人身上的缺陷并予以嘲笑确实卑劣而粗鲁。年轻女士应培养风雅的举止——我很清楚，没有人会要求我工作养家，只会期望我成为一个有教养的淑女。往后我会踏入职场吗？当然不会！我会结婚，成为文雅的少妇。也许我会折磨我的丈夫，但那并不是好事，因为若感到自己有轻蔑他人的需求，也必自我唾弃。我才十二岁，我肯定很早熟，不然我不会思考这些问题：我应该有孩子吗？生了孩子生活会有何种转变？假如我的丈夫人品不拙劣，那么我应该会生宝宝。而后我需将他抚养成人，但我自己还需要别人养育呢！天啊，我的想法真是太愚蠢了！

　　柏林是世间最瑰丽、最富教养的城市。若我无法对这一点深信不疑，那我就太可憎了。凯撒难道不是定居于此吗？若非深爱此地，他又怎会在此地长居？那天我在一辆敞篷车上瞧见了皇室的小孩们，简直太迷人了！头戴皇冠的小孩子就像朝气勃发的年轻上帝，身侧的女士更是静雅妍丽，身穿皮草，幽香扑鼻，仿佛晴空裂了一道缝隙，在他们身上洒下了一阵花雨。蒂尔加滕公园美妙绝伦，我几乎每天都与我年轻的家庭女教师去那里散步，在绿树花径间幽游。就连我的父亲都对蒂尔加滕着迷不已，要知道，他对其他事物可都兴致缺缺。父亲很有教养，他也很爱我，倘若叫他看到这篇东西，他铁定怒发冲冠，所以我得及时撕毁我写下的这些文字。事实上，我这样的做法并不合宜，但人总会偶尔觉得无聊，然后做些并不十分得体的事情。总的来说，我的家教还是挺友善的，很认真，也很爱我。此外，她还十分敬重爸爸——这一点很重要。她身材纤长，而我之前的家教则胖若青蛙。她是英国人，似乎每时每刻都处在崩溃边缘，有一天她终于抑制不住情绪，父亲便毅然将她开除了。

　　我和爸爸就要出外旅行，体面人总得在每年的这个时候出趟远门,在这样花香四溢的日子不出发远游岂不是很可疑?爸爸喜欢去海边晒日光浴,让炎夏的阳光将他的皮肤炙烤成深棕色。九月是他气色最好的时候,那时,苍白倦色已自他脸庞褪去。巧合的是,我也对男士的古铜色皮肤偏爱有加,仿佛刚从战场荣归故里。这像不像小孩的胡言乱语?好吧,我确实还是个孩子。据我所知,我们要去南方度假。先去慕尼黑和威尼斯消磨些时日,在那里我能刚好感受到与母亲有一种难以言喻的亲密。由于一些我难以理解的深沉原因,我父母分居两地,多数时候我和父亲一起生活,但我母亲也有权同我亲近一段日子。对即将到来的旅行,我望眼欲穿。我笃爱旅行,踏上火车,驰往远方的未知,这样的美妙体验我想应该没有人会不喜欢。我真的很富有!我对贫穷困苦一无所知,也自觉没有必要体会。不过我对穷苦人家的孩子充满怜悯,若换做我身在其中,我肯定打开窗户一头跳下去。

我们父女两人落脚在城中最精致的旅馆,干净安谧,极富历史韵味。我对崭新住所毫无兴趣,因为全新的事物中总有一些不合乎秩序的存在。在我们居住的社区极少碰见穷人,邻居大多是工厂主、银行家和各种有钱人,所以爸爸想必也挺富裕。这里的公寓太过昂贵,穷人负担不起。爸爸说那些下层人都住在北边。我们城市的北边？我对其的了解还没我对莫斯科的了解深透。我收到过许多从莫斯科、圣彼得堡和荷兰寄来的明信片；我对恩加丁的耸峙雪山和幽绿草甸了如指掌，但是，我居住的这座城市呢？也许，对无数定居于此的人来说，柏林仍蒙罩在一片迷雾之中。爸爸钟爱艺术，从事商贸活动，好吧，贵族也常做生意，但爸爸做的是文雅生意。他买卖画作，家里藏有许多精致的作品。我想，爸爸的工作的意义在于：艺术家对商业范畴一窍不通；或者说，这个世界过于庞大、无情，压根儿没有思量过艺术的存在；于是，精于世故的爸爸运用其才智人脉，得体地充当起一个将世界的目光引到艺术领域的角色。爸爸常常瞧不起那些买家，但有时也对艺术家们嗤之以鼻，这得视情况而定。

　　我只想在柏林终老。那些生活在朽败小镇的孩子们过得好吗？当然了，那里也有一些我们不曾拥有的东西——是浪漫的事物吗？我相信我是不会把半死不活之物错认为浪漫的——是有缺陷、破碎病态的事物，比如古城墙。无用但神秘优美，那才是浪漫——我就喜欢幻想这样的事物，而且，仅是想象就已足够。说到底，最浪漫的物件当属人心，每个心思细腻的人心底都有一座被城墙围起的旧城。我们的柏林挤满了新奇事物，崩塌在即，爸爸说，这座城市里一切带着历史底蕴的事物都将消散风中，再无人知晓那个过去的柏林城。爸爸无所不知，至少是几乎无所不知，而我作为他的女儿自然获益良多。是的，散落在乡下的小镇也许确实很好，有诱人的隐秘处所玩耍，有山洞探险，有草地田野，几步之远还有浓密森林。这样的小村庄仿佛被绿色环绕，而柏林则有一个冰雪宫殿，盛夏时分人们可以在里头滑雪。在任何方面，柏林都走在了德国其他城镇的前头，她是世界上最洁净、最现代化的城市——这是谁说的？当然是爸爸了。他多优秀呀！我还有许多地方得向他学习。我们柏林的街道一尘不染，平滑若冰，闪耀如细致抛光过的地板。眼下滑旱冰很是流行，若将来它还未过时，说不定我也会去尝试一番。许多时尚事物昙花一现，去年，所有小孩，包括许多大人，都很痴迷抖空竹，转眼，如今已难觅踪影。这就是世间事物的变迁，而柏林总在引领潮流，所有人皆自愿效仿。

爸爸极富魅力；他待人和善，但有时他也会发怒——但谁都不知晓——然后他会变得异常丑陋。透过他，我领略了隐秘的怒火，比如不满，是如何将人丑化的。倘若爸爸心情不佳，我便惊吓得如同受到鞭挞的小狗，因此他应避免显露他的怒气以及对身边人的不满，即便他身边的亲密之人只有我。是的，爸爸犯下过些许罪过。我能够清晰地感受到。但谁又能全无错处呢？谁不是生来就带有原罪？那些认为在孩子跟前并无必要压抑盛怒的父母，很快便会将其儿女折磨为奴颜婢膝之人。父亲就应悄然克服自己的坏情绪——但这也太难了！——或将怒火倾泻至陌生人处，因为女儿还只是一位年轻的女士，而每个有修养的男性长辈心里都应有一名骑士。这么说吧：与爸爸一起的生活就似天堂，倘若我在他身上发现了一处缺点，毫无疑问，它立马就会变成我的纰漏；于是，就只能任由爸爸酌情处置了。不过当然了，爸爸总会将怒火发泄在那些有求于他的人身上，而总有那么些谄媚之人围在他身边。

　　我独有一个房间，精致家具上散置着奢侈品和书册，我被照顾得非常妥帖，但我需要对爸爸心怀感恩吗？这提问可真乏善可陈！我顺从于他，亦是他的所有物，况且，归根结底，他应该为我感到骄傲。我叫他担忧，是他的财政问题，而他也会斥责我，每当此时，我总微妙地觉得我得嘲笑他一番。爸爸喜欢训人；他既富幽默感，又意气风发。圣诞节时，他送的礼物几近将我淹没。顺便一提，我房间里的家具是由一位赫赫有名的艺术家设计的，爸爸只与有名气的人做生意。他只与名人打交道，若名称之下还有他欣赏的人，那便更好。毕竟，身负的虚名仿似绝症，名不副实实在观感糟糕。天哪，我都在胡说些什么！我的家具以白漆为底，其上绘有出自行家手笔的花团硕果，栩栩动人。那些深受爸爸敬重的人都应自感荣幸，若不以为意，到头来受损的只会是他们自己，因为他们勘不透世事。于我而言，爸爸绝对称得上卓越非凡，他对社会的影响力显而易见。我读的许多书都无聊透顶，它们都不是好书，比如所谓的童书。那些书都是以孩童的视野与叙事方式阐述内容，谓之"童心"；而我虽是儿童年纪，但却对其憎恶不已。

我什么时候才能不再以玩具取乐呢？不，玩具很可爱，我的洋娃娃们还会与我为伴很长一段时间。我知道这很愚蠢，但无用愚蠢的事物是多么美妙呀！我想，艺术的本质大概亦是如此吧。常有一些年轻艺术家受邀来我家吃晚餐，请柬有时出自我手，有时由家教负责。晚餐菜品丰盛，气氛热烈，我绝无自吹自擂之意，但的确好似高门豪宅里举办的盛宴。爸爸喜欢同比他年轻的人来往交流，但他往往是最愉悦、最有活力的那一个。他侃侃而谈，滔滔不绝，其他人则认真谛听，沉默不语，或许是因为他们不想班门弄斧吧。无论是热情气魄，抑或是对世界的认知，爸爸皆高他们一头，这帮人都得向他学习——我清楚地知道这一点。偶尔我在饭桌上大笑，随即便有警告眼神向我瞥来，不过放下筷子，我们也就没放在心上了。人散席收，爸爸平躺在皮沙发上，不一会儿就有鼾声轻响。其实这实为不雅，但我热爱爸爸的一举一动，就连他的粗鲁鼾声都能取悦我。难道有人喜欢无时不停地聊天吗？

显然，爸爸花钱如流水，虽有稍许铺张浪费，但既有进款就有开销，他收益颇丰也不忘奋斗，既养活了自己，也让别人得以生存。他无一刻停歇，总在家里高谈成功学，与我们亲近之人多多少少也都在自己的圈子里取得了一定的成就。但圈子到底是什么呢？无论如何，我的爸爸都是他圈子里的话题中心；在某种程度上，他甚至还可能在管理着这个圈子。他努力推动这个圈子的发展，以彰显他自己以及其他他感兴趣之人的权威。他的行事准则是：能摧毁一个人的，只有他自己。因此，他总满怀着对自己人生价值的笃信，坚定地大步向前。自轻自贱之人对犯下的过错则无丝毫不安羞愧。我到底在说些什么？爸爸曾如此说过吗？

我从良好的教养中受益与否？毫无疑问。爸爸一向以大都市女性的标准养育我长大，亲密与适当的严苛并重，要求我行为得当，应对有度。娶我的人必须富裕，或有宽阔确定的发展前景。穷人？我可过不来穷苦日子，像我这样的人绝无法忍受捉襟见肘的生活。那太愚蠢了。此外，我偏爱简单的生活模式，不喜抛头露面。简单是难得的享受，必须面面贵气。我现在所讲的是多么积极有活力呀！但是否有一丝轻率呢？我应该投身爱河吗？爱又为何物呢？我尚且年幼，涉世未深，前方该有多少奇妙古怪之事在等着我去经历！我又会有怎样的经历呢？

Chapter 12
神经质

我有些许疲惫，被碾压践踏而过，身上布满孔洞，迫击炮将我轰成碎片。是的，我是有些崩溃堕落。我既日渐沉沦，又略感枯燥，常被烫伤、烤焦。是的，没错，这就是它在我身上留下的痕迹。这就是生活。我绝不年老，至少还不是耄耋之人，但也绝非十六七岁的青春少年了。毫无疑问，我已有些过时、倦怠。这就是它在你身上留下的痕迹。我正一点点衰退溃散。而这就是生活。我是否已过巅峰？嗯，也许是吧，但那并不意味着我已成八旬老朽。我敢打包票，我还很强壮。我虽不再年轻，但也绝不老迈。是的，我正逐渐衰朽凋零，但这并不打紧，反正我又还未迈入垂暮之年，虽然我对此是有些微紧张，而我也确实已过壮年。人随着时间推移而衰退，这是再自然不过的事情了。当然了，我并没有特别紧张，只不过是发一些小牢骚罢了。偶尔的举止怪异或愤愤不平并不意味着我已迷失自我，我再强调一次，我只是有些超乎寻常的固执而已。不过，我确实有些紧张。不，我很有可能会紧张，好吧，也许只是可能会稍许紧张而已。我希望我会稍微有一丝紧张。不不不，我并没有如此期待，没有人会喜欢这样的自己。但是，事实恐怕确是如此，是的，恐怕就是这样。"恐惧"无疑要比"希望"用词更为准确，但我并未悚然而惧，我只是有些神经质罢了。我心怀不满，但我并不畏惧这些不满，相反，它们激励了我，使我不再惶惶终日。"你有些神经质"，有人如是说；我冷血回应道："尊敬的先生，我清楚得很，我知道自己有些疲倦和神经质。"言毕，报之一笑，冷漠而高贵。如此回应也许会惹怒对方，但要懂得压抑愤怒才不致迷失自我。若我的神经质并不会惹我厌烦，那么毋庸置疑，它是无害的，它清明如日光，予我启迪。我渐渐明白，我心存抱怨，有稍许焦灼；而我也同样顿悟了，我是一个冷血之人，因此我也总是格外潇洒无忧，即便我正日渐衰微凋敝，不过我理解此乃世之常情，因此也便坦然接受了。"你真神经质"，有人到我跟前说道。"是的，但我的神经质与众不同"，也许这会是我的回应，然后对这个大谎言哂之一笑；"谁都有一些神经质"，或许这才是我的回答，倾吐真言，而后开怀大笑。倘若一个人还会笑、还懂接受真相、哀恸之前仍能保持平静，那么，他就不是真正完全的神经质。如果有人到我跟前说："噢，你真是个彻头彻尾的神经质"，我只会礼貌回答"是的，我知道，我确实是"，而后对话结束。人必有不满，但也必须怀有与之共存的勇气——这便是生活的美妙之处。人无须畏怯自身的某些古怪之处，恐惧是愚蠢的。

"你真是神经质。"

"是的，谢谢你告诉我。"

诸如此类的对话里头自有其绅士礼貌的幽默。要时刻保持温和有礼，善良友爱，若有人告诉你你是个十足的神经质，那么你笃信与否其实也已无关紧要了。

Chapter 13
散步

有一件事我必须汇报：那天放晴，具体几点已模糊难忆，想外出散步的念头突然涌上心头，于是我抓起帽子，起身离开书房——或可称为名不副实之屋，跑下楼梯往街上快步行去。我还得作个补充，下楼时我与一个貌似西班牙人或秘鲁人或克里奥尔人的女子擦肩而过，她眼神黯淡但风韵尚存。不过我坚决不与她攀谈，哪怕只是两秒钟的问安也恪守着不脱口而出，只因我不想于此浪费一丁点儿时间与空间。趁着此刻记忆仍鲜活，我赶忙写下这些文字。提笔及此，我已来到明亮欢快的开阔大街上，心底无比快活，溢满浪漫豪情。晨光里的世界于眼前铺展，仿佛这是我第一次领略如此绚丽的黎明景色，目之所及皆透着朝气与优美，前一刻在书桌前对着空白稿纸的焦灼瞬间被抛诸脑后，所有的忧伤痛苦、一切的沉重思考霎时踪影难觅，尽管那股写作时的严肃正经仍余韵未消，缭绕左右。

我对散步途中的所见所遇满心期待，脚步规谨沉稳，勉力展露我的高贵体态。我喜欢在他人面前掩饰我的真实感受，当然，这种隐匿得是毫无负担地进行，不然就变得愚钝可笑了。又走了二三十步路，便来到一个人潮熙攘的大广场。好巧不巧，在其领域极富权威的梅里教授正朝我迎面而来，手持笔直手杖，仿若象征着永不屈服的科学精神，步伐文雅而威严，鹰钩鼻气势凌厉，嘴唇紧抿，令人瞬间联想到肃穆法庭。我不由心生敬畏。这位著名学者举手投足间自有法典铁律般的庄严流露，浓密眉毛下匿伏的锐利双眼闪烁着世界史与消失已久的英雄事迹的余晖。他头戴的礼帽犹如一顶难以撼动的皇冠，而垂帘幕后的统治者往往是最傲岸铁腕的。不过总的来说，梅里教授待人接物可称得上亲和，仿佛他完全不需要任何外物来凸显其权力地位。尽管他给人以严肃冷峻的印象，但我仍对他赞慕不已，因为我总觉得往往那些不苟言笑之人才是可靠可信的，毕竟众所周知，这世上有许多坏人极善于伪装一副温良面孔，甚至在犯下恶行之后还能对人关切有礼地微笑。

此外，我似还瞥见了书店与书商的余影；同时，正如我预想与观察到的那样，招牌闪闪发光的面包房也急需我的关切与记录，但在此之前，我得先提一笔那位牧师。一位药剂师骑着自行车从我身侧悠然而过，肥头硕脑，笑容满面，与他同行的还有一名军医。还有一个谦逊的行人也不得不提，因为他的眼神里委婉地流露出请我代笔的殷切：他靠贩卖小饰品与回收旧衣发了财。年轻男女在霞光里无拘无束地追逐嬉闹。"就随他们去吧，"我沉思着，"岁月自会予他们以恐惧与约束，只不过它总是来得太快了！"一条小狗在喷泉旁歇息，我似听到湛蓝空气里有燕语呢喃。两个漂亮少妇身着令人惊叹的超短裙和亮色短靴搔首而过，仿佛誓要做周遭最惹人注目的存在。这时，两顶夏日草帽映入眼帘。事情是这样的：明亮的柔和光线里，我突然瞥见两顶帽子以及底下两张英俊的绅士脸庞，他们彬彬有礼地轻抬帽檐，似在互道早安。在此礼节中，帽子本身显然比其主人重要。不过，作者总被寄以一个谦恭的期望，对不必要的嘲弄讽刺需加以节制及谨慎，希望所有作者都能理解这一点。

此时，一间堂皇盛大的书店跳入眼帘，心底不由涌起一股入内拜访的冲动，于是我毫无迟疑地进门了，并且摆弄出一副优雅姿态，显得自己更像是一个巡视员、书册收藏家，抑或出版社编辑，而非腰缠万贯的大买家。我精心地以最有礼的语调及最文雅的辞藻向店员咨询纯文学领域目前最新、最热销的书目。"我是否有幸,"我轻声道,"品味一番最纯正庄严的文学风韵?因此处再无人及您对书目的了解,可否劳烦您向我推荐一册最受读者推崇、同时让那些令寻常作者惧怕不已的文学评论家们倾心的作品?你无法想象,我此刻有多么殷切地渴望知晓,在眼前堆叠的这些高文大作里,究竟哪本最值得一读,哪本只要我翻扫几行,便能怡悦顿生,热血翻腾。我如饥似渴地祈望着一窥这世间最伟大的作者那享尽雷鸣般颂扬的巨作,请允许我恳求您,予我一册这样的书籍,以平复那股在我四肢百骸奔流涌动的渴望。""没问题。"店员答道。言毕,他如箭般消失在我这位焦灼难耐的顾客眼前,又在下一秒回到我跟前,带着那一册最受读者青睐、价值万金的精神粮食,严肃谨慎如手捧一件古老的圣物,神情虔诚,流露着最深刻的敬畏,嘴角挂着一抹笑容,那是只有虔敬的信徒和蒙受此书圣启的人才会展露的笑容。他将书置于我眼前。

我大概看了一眼,问道:"您保证这是今年最畅销的?"

"绝对是。"

"您确定它是必读书目?"

"毫无疑问。"

"它真的是一本好书吗?"

"您问的可真是个完全多余的问题。"

"非常感谢。"我冷淡回道，然后将这本文学界最畅销的必读书留在原处，不再掷一言，拂袖而去，徒留身后恼火万分的书店老板高喊着"无知！无知！"而我则径自信步慢走至邻近的银行，此间遭遇待我慢慢道来。

我想在此处咨询获得一些关于某只股票的可靠讯息。"顺道到银行转转，了解一些金融信息，"我自言自语道，"再和风细雨地提些问题，想来也是不错的。"

"您拨冗前来真是万分荣幸。"柜台的当值工作人员热情迎道，笑容狡黠而灿烂，接着说道，"您大驾光临真是荣幸。本来我们还想着今天要给您写信，告知您一件天大的好消息，现在能够当面告诉您就更好了。近日我们收到一个广积善缘的妇女团体的委托，在您账户转入一笔一千法郎的款项，而我行也在此向您确认这笔打款的真实性，我想您对此必定欣喜万分，因为——请恕我直言——您给我们留下了一个十分深刻的明晰印象——请允许我这么说——那就是您亟需一份温和精致的缓和剂。今日起，这笔款项将由您任意支配。我能够感受到您眼眸闪烁的光、嘴角绽开的微笑与全身漫溢的欢悦。也许，日常的烦杂琐事已令您压抑多时，烦恼忧伤一直在您的眉峰洒下挥不去的阴霾，但是现在，请您开心地搓搓手吧！幸好这世上有这些高贵善良的女施主，以解人之忧为美德，义无反顾地为贫穷、郁郁不得志的诗人——说的应该是您吧？——伸出援手。世人多对诗人不屑一顾，万幸还有人愿意俯就关切您的处境，请允许我对您致以最热烈的祝贺。"

"我实在是没想到竟有一天能自这些温柔宽厚的女士手里接过这些钱，"我说道，"但我不想徒添麻烦，从账户里取走这笔钱，毕竟你们这儿有防火防盗的坚固保险箱，钱款在这儿将得到最妥善的保管，而且你们还会付我利息。对了，请问我能要张汇票吗？我想我应该有权从这笔大款项里零碎取走些钱吧？不过我得说明一下，我平常挺省吃俭用的，我清楚我该如何有条不紊地谨慎处理这笔礼赠。我得致信向这些善良的捐助人们表达我最真诚的感谢，明天一早我就动笔，绝不耽搁。你方才猜测我正穷困潦倒，我不得不说你的观察可真是精准。不过，我的境况我自己最清楚，这便足够了。还有，尊敬的先生，外观往往具有欺骗性，我想最好还是把评价某个人的工作留给他自己吧，毕竟不曾亲身经历就难以感同身受。当然了，我的确常在一片迷雾里困惑徘徊，踟蹰不前，也常感孤独哀戚，但我亦觉得，为生活而战其实也不失为一件美事。人不应只以欢愉享乐为目的,只有经历过试炼、忍受过煎熬,方能得到灵魂深处最根本的骄傲与快乐。只不过,大多数人并不想在这些事情上多费口舌罢了。可又有哪位正直人士不曾为生计奔波?有谁不是在年月流逝里眼看着自己曾经的希望梦想渐渐崩塌?又能从何处觅得这样一人,其甜蜜憧憬、伟大抱负与崇高愿景俱不打折扣地一一实现?"

一千整法郎的汇票在我手里短暂停留了一会儿,又回到了柜员的手里。这样一大笔钱奇迹般从天而降,我心跳鼓噪,撒腿从富丽堂皇的前厅跑到明媚的室外,继续我的散步之旅了。

因此刻也无新鲜事儿发生,我便想插叙一件旁的事情。我衣兜里正揣着一张艾比太太送来的请柬,邀请我在十二点半去她家共用便餐。盛情难却,尽管艾比太太为人并不如何,但我还是决定准时赴约。

亲爱的读者们,劳烦你们专注地与我这位文字创作者一起,以悠闲冷静、优美安谧之姿,拥抱这个美好明朗的清晨。现在我们来到了先前提过的那个金字招牌辉闪的面包房门口,但真到了它跟前,我却停下了脚步,震惊于它浅陋浮夸的装潢与相继而生的粗鄙土气。

我不由感慨:"天哪,如此镶金镀银的艳俗招牌简直就是一个标榜着金钱至上的粗鄙标志，肆意糟蹋着我们脚下的这片土地，每一个有心之士都该对此感到愤慨！难道一位真诚质朴的面包师会需要这样一块金银装饰堆叠如王公贵族、实却愚蠢至极的招牌？难道没有这块辉闪的招牌，就不懂如何揉捏面团、烘烤面包了吗？我们身处的究竟是一个怎样的世界？我们的市民邻居、公众舆论不仅对一些破坏社会美德的举动以及低俗至极的作秀加以容忍，甚至连那些满嘴高喊着'我有很多很多钱，就敢做出如此庸俗的事情，反正我就是个毫无品位的乡巴佬，但你对我无可奈何'的人，都有旁观者为其叫好。那些金灿浮夸、令人作呕的闪烁大字，真的同刚出炉的面包有一丝一毫攀附得上且合理的关系吗？没有！然而，这些叫人嫌恶的虚浮夸诞已时不时大摇大摆地出现在街头巷尾，步步逼近犹如灾难性的洪水，裹挟着垃圾、污秽和蒙昧汹涌而来，直至扫过世界的每个角落，同时，还玷污了我尊敬的面包师原先的良好品位，将他与生俱来的得体渐次摧毁。我愿奉献出我的左手抑或左腿，只要能帮助城市找回消匿已久的质朴谦逊，叫仍在苦寻正直诚信的人们觅得所求。真正的灾难是战争、死亡与仇恨，它们将地球陷于危境，给这个星球蒙上了一层丑陋与怨恨织就的网。在我眼中，工人成不了地主，农妇也难变身贵妇。

然而，现在所有人、事都在外露着显耀自己，想要成为雅致美丽的地主贵妇，于是，一切都变得糟糕透顶。或许，假以时日，这世道又会再次变回旧日模样，希望如此吧。"

接下来，正如你预料的，我将好好反省一下自身的傲慢举止与嚣张态度，毕竟严以待人却宽于律己并不是什么好事。只会将枪口对着别人的算不上真正的评论家，而作者也不能信马由缰，随意下笔。只希望我的这番话能令大家满意，获得些许温暖掌声。

这条马路的左侧建有一家铸铁厂，里头工人忙碌地干着活，热闹得引人注目。见到这么多工人正埋头苦干，而我则在外头漫游散步，心里不由得升起一丝羞愧。不过，当他们收工歇息了，也便是我挑灯苦战的时候。此时，我在国民自卫队134连3排时的兄弟，现下是个装配工，骑着车经过，朝我大喊道："兄弟，你又在工作时间出来闲逛了？"我朝他挥了挥手，苦笑着承认，他是对的。

"他们都觉得，我是来这儿散步的。"我心想。于是，我继续心平气和地悠悠漫步着，绝不为被人发现我在白天闲逛而懊恼，否则就真成傻子了！

穿着这套别人送给我的浅黄色英式西装，我必须坦诚地承认，我觉得自己就像一个正在巡视庄园的大地主，尽管我身处的只是一条只能称得上整洁，甚至都不在城里的小道，与精致的公园绝无任何可比性。若先前我的美妙描绘叫你对我身处环境有所误会，那么请你允许我收回那些语句，它们全是自负作祟下的产物。城郊绿地上零落散布着规模不一的工厂和机械修配厂，广沃舒适的农场与稍显破落精干的工厂兼收并存，和谐互补。核桃树、李子树和樱桃树倾盖相遮，为泥泞的小路平添了几分精致魅力。路中央慵懒地侧卧着一条小狗，那画面有爱极了。对这一路行经的风景我醉心不已。行多几步，瞧见一条身形硕大却无凶相的大狗正在旁安静地看着一个蜷在台阶上号啕大哭的小男孩，许是这小孩子看不懂大狗眼里的善意，反而被惊吓得痛哭不止。这一幕实在是有趣。但转眼，我又在这座"乡道剧场"目睹了更为逗趣的一幕。两个很小的孩子躺在积满尘土的小路上，惬意如置身花园，其中一个小孩说道："你轻轻地吻我一下。"另一个小孩照做之后，对第一个小孩说："好了，你现在可以站起来了。"言语间，仿佛没有这一个甜蜜的轻吻，他就不被允许从地上起身似的。"这天真烂漫的一幕可真和谐，仿佛连蓝天也向地上投来了开怀明亮的笑颜。"我自语道，"孩子们如天使般圣洁，是因为他们生活的环境就似天堂般纯洁，但随着年岁渐长，这天堂慢慢弥散风中，他们也便顺势跌落在那只充斥着钩心斗角与枯燥想法的大人堆里。对于穷人家的小孩来说，夏日里弥漫灰沙的乡间小道就是他们游戏的天堂，不然他们还能去哪儿？大门紧闭的私家花园吗？但总有一些汽车呼啸而来，无情恶意地驰进孩子们的游戏圈，将他们的小天堂一冲而散，还有些无辜的小生命面临着被碾成肉酱的危险——这惨烈场景我实是不忍想象，否则粗鲁之语会禁不住脱口而出，而那实非文明人该做之事。"

　　汽车所过之处势必扬起一阵尘霾，对于那些安坐其中的人，我总是怒容以对，以致他们觉得我大概是上头派遣的便衣交警，专门抄牌以事后追究。我通常只愤慨地盯着过往的车轮或车身，不屑对车主投以怒视，因为我对他们实在鄙视。不过，这鄙夷不关乎个人，只是原则问题。我始终不解，从如此美好的景色跟前疾驰而过，其中乐趣究竟何在？他们像发了疯，仿佛只有不停加快速度才能不被身后的绝望哀伤追赶上。事实上，我只钟爱安宁静谧的事物，享受简单朴素的生活，打心底里厌恶一切急躁与喧嚣。不过，汽车是不会仅因我吐露的这几句心声便停下飞转的轮轴，人人厌恶的污染气体也不会就此停止排放。好了，不愉快而无用的牢骚就此打住，我们继续散步。用双脚丈量土地是一种简约之美，当然了，前提是你得有一双合脚的鞋子或短靴。

　　尊敬的先生们女士们、亲爱的读者们，既然你们对我的浮夸文笔尚且能报以仁慈的容忍与宽恕，那么如此慈悲的你们，是否能够允许我略费笔墨，介绍两位非常重要的人物？一位是我错认为表演艺术家的女士，另一位则是一名尚在成长期、正值豆蔻年华的女歌手。在我心中，她们地位尊崇，因此，我认为在她们登上台前显露真容之前，我有必要先对她们做一番介绍宣传，虽未见其人，但先嗅其才气之幽香，这样一来，她们甫一登场，便能收获与其人品才情相称的百般宠爱与满堂喝彩。先前笔者已写到，为酬奖我的连日辛劳，艾比太太将在她的宅邸设宴款待我。不过，还得走过很长的路、写下很多行的字句，方能享用那餐飨宴。此时诸位应该也感觉到了，笔者不但喜爱散步，也倾心写作，只不过比起前者，对文字的热爱似乎还略逊一筹。

　　前方，一间小巧精致的宅子毗邻马路，门前长椅上轻倚着一位风韵优雅的妇人，我忍不住朝她投去目光，最后终于鼓起莫大的勇气向她搭话。我竭尽所能，选用最文雅的辞藻，彬彬有礼地开口道："您好，抱歉打扰了，虽然我们现时对彼此一无所知，但自打见到您的第一眼，我心底便陡然升起一个疑问，可能有稍许冒昧，可它已不自觉地要脱口而出了，还望您海涵。您先前是否做过演员？因为您与一位曾声名远播的舞台艺术家格外肖似。对于我的莽撞搭讪与喋喋不休，您肯定十分讶异，但是，当偶遇您这样一位面容典雅恬淡、体态精致姣好的女子，哦，还有您望向我或这世界时眼眸里流露的诚挚与安谧，都令我无法只是投下惊鸿一瞥便匆匆离去。因此，我希望您能不怪罪我的鲁莽轻浮。从见您伊始，我便深觉您从前必定是一名艺术家，而如今，在这条简朴而优美的小径旁，您独坐在这家小店前，我斗胆猜测也许您就是老板娘。可能之前您从未被如此冒失地打扰过，但您和善雍容的面容、修长曼妙的身材，以及在年岁翩然而至时那泰然从容的气质，皆在无形中鼓励着我，在这开阔的路旁，与您进行一次亲密的对话。今日这好天气漫洒下自由与欢乐的气息，点燃了我心底怡悦的火苗，化为烈焰飞舞，熏得我陶陶然，不禁在您这样一位美丽的陌生女子跟前失礼了。噢，您笑了！看来您并没有对我信口拈来的胡言乱语而恼羞成怒。在我看来，两个完全陌生的人能够如此自由无拘地攀谈实在是奇妙而美好，因为我们长居在这个玄妙且充满未知的星球上，人人长有嘴巴舌头，可不就是让我们谈天交流的吗？无论如何，自见你的那一瞬间，我便已沉沦，您激起了我心底最温热的那份尊敬；现下我必须真诚地请求您的宽恕，请您务必坦诚以告，我的唐突是否令您有任何不适或恼怒？"

"不，这是我的荣幸。"那位妍丽妇人展颜道，"不过，对于你的猜测，恐怕你要失望了，我不曾当过演员。"

听此回答，我颇有触动，应道："不久前，我方才自一个冰冷狭隘、病入膏肓、信仰沦丧、全无信任希望可言的世界离开，在那个环境下，我不仅仇视整个世界，更对自己感到陌生。怯懦猜疑似寸步不离的枷锁，将我牢牢桎梏。到了这儿，我才恢复了自由平静的呼吸，逐渐寻回那个温暖愉悦的自我，而侵蚀我灵魂的惊惧也正慢慢消失，溢满心底的荒凉绝望正一点一滴地转化为欢忻的自足与活生生的情感。我得从头好好重新感受一番。我本已心死如灰，但此刻仿佛有人将我从垂死之境一把拉起并推回生命的正轨。行至此地时，我还以为我仍将面对一个艰难喧嚣、令人作呕的世界，但未曾料到，我竟邂逅了温情与善意，仿佛一切又变回曾经熟悉的美好模样。"

"那可真是太好了！"她神情温婉，语调轻柔道。

这个由我莽撞开始的对话似乎已到了该结束的时刻，我再次向这位我错认为盛极一时的演员的女士表达了我最诚挚的赞赏，而后轻鞠一躬，好像什么都没发生过一般，云淡风轻地离开，继续散步去了。

不过，读者们，我仍有一个小疑问：如荫绿树下的女帽商，此情此景是否勾起了你额外的稍许兴趣？能否赢得你一丁点称赞？我坚信答案是肯定的，也因此，我胆敢费如此多笔墨于此。

沿着这条道漫步向前，骤然间，一阵欣喜自喉间灼然而起，那是青涩小男孩特有的傻乐，我无法置信自己竟还留存有这样的情绪。所以我到底发现了什么新奇优美、令人震惊的好东西？哦，就是我先前提起的那家贩售女帽的时尚沙龙。巴黎、圣彼得堡、布加勒斯特、米兰、伦敦、柏林，这些大都市特有的时尚奢靡气息正朝我扑面而来，对我极尽诱惑。然而，当置身这些国际大都市，人往往会想念葱郁稠密的绿荫、在钢筋水泥间零星点缀的草坪、还有微风拂过绿叶的婆娑和花香的清甜，而在此处，我能觅得这一切。"这所有的一切，"我伫立着，暗自盘算道，"我将一一记录，写成一篇散文，名唤《散步》。这家特别的女帽店肯定不能遗漏，否则这篇文章将会失去一种别致的魅力，我得尽力规避这样的缺失。"古雅精巧的帽子上缀满羽毛、缎带、花果，浑然一体，做工细腻，仿佛是大自然将其自身的色彩与人工的时髦款式完美地糅合在一起，整间女帽店宛若一幅赏心悦目的油画。诚如我所言，我只虔诚地希冀，我的叙述能引起读者们的共鸣。我这自白虽显得唯唯诺诺，但也可理解，大凡作家多少都有类似的心情。

天哪！我看到了什么！同样在那片绿荫下，竟有一个美味诱人的肉店。粉色猪肉、牛肉和小羊排琳琅满目，肉贩在店里头埋头忙碌，客人也同挤在一处等候。这家肉铺与先前那间女帽店同样令人惊叹。旁边还有一家杂货铺，或许亦值得一提，但我想，等会儿回过头来再作详叙也不迟，毕竟这些日常店铺整个白天都开着，而且读者想必也对它们了若指掌了。况且，即便是品德最高尚的人也得承认，做到事事尽善尽美是不可能的，也因此，人总能得到原谅，毕竟，事有缺憾是人天性使然。

此时我又得重新调整方向了。倘若我能与陆军司令一般，拥有高效的归纳重组能力，既能洞察所有事况，又能灵活化解一切意外偏差，那我就可称得上是计算天才了。其实，今时今日，但凡是勤奋一点的人都能在报纸上读到这些知识，并标注为"侧翼攻击"。我近来得出一个结论，战争的指挥艺术与写作技巧确有共通之处，同样深奥莫测又不能急于求成。将军们正式发动进攻之前，总得艰苦地做好万全的准备，而作家也不外乎如此，在作品初入书市前亦是殚精竭虑，因这两者都有挑衅之意，进攻往往会激起强而有力的反击，而书册则引发讨论批评，有时愈演愈烈，甚至演化为狰狞猛兽，将作品和作者一并吞噬。

假如我坦承，这些优柔精致的语段是德意志最高法院的羽毛笔写就的，希望你们不会因此而陡生嫌隙。此后，你们也无须对我文字的简短而意蕴深长感到惊讶了。

那么我究竟应该何时动身前去艾比太太的豪宅呢？恐怕还得好一会儿，因为路上还有一些麻烦事儿得解决，比如，我的肚子已经咕咕作响有些时候了。

我像个杰出的流浪汉、优秀的扒手或无所事事的街头流氓，在大街上浪荡闲逛，走过种满蔬菜的园子，深嗅一路花香，行经茂密的果树林和灌木丛，途遇黑麦、大麦、小麦间杂的高耸庄稼地，经过堆满木材桩子的木料场和茵茵草地，涉水穿过潺潺流淌的小溪，与各式各样的人士——比如吆喝着叫卖的胖女人们——擦肩而过，又经过了挂着各异旗帜迎接庆典的俱乐部和其他许多有趣又有用的人事景色。我还见着了一棵棵硕果累累的可爱苹果树，路遇数不清的低矮草莓丛。从这些形形色色的事物近旁经过，许多美妙愉悦的想法占据了我的思绪，因为漫步之时，总有思想碰撞的火花闪耀，引人沉思。就在此时，在我行进的方向上出现了一个怪物，其高大仿佛能遮天蔽日。这个巨大瘦长的凶恶之物我再熟悉不过了，他就是极其古怪的巨人图姆扎克，我从未想过会在这条迷人的小径撞见他。他身上散发的阴森气息，残暴凶恶的外表，无一不令我胆寒心惊，将所有美好憧憬与欢忻愉悦从我身上狠烈抽离。图姆扎克！亲爱的读者们，光是这个名字就足够激荡起叫人悚然的声响！难道你们没有感受到吗？"为什么你要来折磨我？为什么要挡住我的去路？你这个可怕的恶魔！"我朝他叫喊道。但图姆扎克只是沉默以对。他睁大了双眼，居高临下地瞪视着我。他实在比我高壮太多，在他身侧我就像个侏儒或像个羸弱的小孩。这个巨人不费吹灰之力便可将我踩在脚下，碾进土里。哦，我知道他是谁了！他终日难得安宁，在这世间奔波流转，无家可归，无一床榻可供安眠；来时无依，更无归处。既无故乡依托哀愁，亦无处感受人间喜乐。他不知同情心为何物，同样地，也无人会对他怀抱怜悯。他无往昔可忆，无眼下可惜，亦无来日可期，于他而言，这世间种种不过是一片虚无荒凉。在他眼中，生命太过渺小，毫无意义可言，而他对于别人也同样无任何意义。他双眸流露着高人一等、却也低人一头的悲哀，松垮的身体与迟缓的动作透露着他内底的无限痛楚。他似乎已活了千万年那么久，永生不死却又无法脱胎为人；每分每秒都在经历死亡，却又难以真正逝去。就算他真的死去了，也不会有开满鲜花的坟墓。我避开他，悄声自语："再见，我的朋友，图姆扎克，祝你一切安好。"

我头也不回地继续往前行走，绝不再回望身后那幽灵般的庞然大物。温暖和煦的空气渐渐吹散那巨大怪物留下的晦涩阴影，片刻，我行至一处松树林，眼前一条曲折而雅致的小径蜿蜒直至深处，我便沿着这小路欢腾地朝里走去。林间土地松软，踩在上面犹如地毯，密林幽处静谧如人心，如庙宇佛殿，如甜梦包裹着的童话城堡，如睡美人的寝殿，仿佛一切都已沉入梦乡，缄默着安睡了几个世纪。我没有停下脚步。若我自诩肖似铠甲披身的金发王子，似乎未免有些自恋。不过这也不能怪罪于我，行走在如此庄严华丽的森林里，那些曼妙想象便不由自主地涌上心间。被甜蜜与宁静环绕的我，此刻是多么幸福！间或有一声闷响或其他细碎声音从远处传来，穿过密不透风的林盖，刺透朦胧迷人的幽暗，衬托得这老林更为静寂。我恣意呼吸着空气中弥散的宁静，纵情享用这份安宁凝结的蜜露。周遭恬静如水，偶有几声悦耳鸟鸣溅起涟漪。我静立倾听，忽然间，一股难以言喻的情绪从我灵魂深处破土而出，汹涌袭来，那是一种对世界的领悟及感恩。松树笔直耸立如柱梁，似对耳畔缭绕回响的各异乐声无动于衷，但这些来自原始世界的声响却不仅入我耳，也已入我心。"哦，若这一秒我必须死去，我也会微笑以对。此刻回忆、此际感激足以聊慰我心，就算躺在坟墓里，对生命与快乐的感恩也能令我血脉偾张。"树梢上飘下一声轻柔的窸窣声，我暗忖："在此地云雨肯定十分美妙。"光是轻踩在这林地上就已非常舒适，其间的这份宁静更是在我善感的灵魂深处燃起了祷告的烛光。"泥土为被，长眠于此，无人叨扰，想来也是一件妙事。哦，如此一来，便可在死亡里品味与享受死亡了！也许这并不只是空想。埋葬在森林里，既能尽享安宁，又有鸟儿的婉转鸣唱与树梢的婆娑低语相伴，可真是美妙。"一缕阳光从橡树躯干间直刺而入，衬得这森林更似一个幽绿的坟墓。很快我就又要离开这里，回到清朗的日光里，回到生活中去。

现在出现在我眼前的是一家精致诱人的小酒馆，就建在森林边上，有密叶荫庇，后院的大花园打理细致，边上还有一座假山，或许是个瞭望台吧，爬到顶上肯定能将周遭的大好风景尽收眼底，若再有一杯啤酒助兴，那是再舒畅不过了。不过，此时这位散步者已及时想起，自己这番远足之旅显然还不够努力，因为想往的群山还依旧静立在远方，云遮雾绕，仍需一番跋涉才能到达。他必须坦承，其饥渴远未到致命的境地，因此他走过的路程仅是很短的一段。事实上，这只是一次无足轻重的散步漫游，而非一场浩大的远征抑或游历，因此行者大有理由可以走进那家酒馆，享受半晌欢愉，而真诚的读者也会对他的明智决定报以友好掌声。大约一个小时前，我是否提及一位年轻的女歌者？现在该是她粉墨登场的时刻了。

她在一层的落地窗前表演。

我刚自安谧的森林回到公路上，就在此时，我听到——

且慢！暂且缓冲片刻。所有了悟写作一道的作家都会理解我的这一举动，作家时不时总得停笔歇息一会儿，从无间断的笔尖耕耘着实累人。

从落地窗前飘扬而来的是一曲清新恬淡的民谣，或是咏叹调。一个学生模样的女孩站在这所城郊宅邸的窗前，一身明快色调的连衣裙，体态修长，歌声飘然入云，叫人沉醉。我默立一侧，不敢贸然上前，唯恐叨扰。女孩的声线铭刻有一种明朗怡人的特质，幽然的音符里融进了年轻人的生活与爱情里独有的天真朝气。歌声宛若扑扇着洁白翅膀的天使，飞入云霄，而后自天堂跌落，微笑着死去，似是在无尽的痛楚里逝去，又似是在过分的温情里殒命，仿佛对生活过于斑斓的想象已叫它无力承受，只能选择自我粉碎。

女孩结束了那简单而又意蕴深长的咏唱，于是我终于胆敢走上前去，对她无与伦比的歌声与打动人心的演出表达我发自心底的欣赏与倾慕。这个酷似小兔或羚羊的小歌手回望着我，深棕色的漂亮眼眸里溢满疑问与惊诧，然后对我笑了。那一笑含羞带怯，柔情万般。我对她说道："假如你能仔细保护好你这把稚嫩却又富有韵味的嗓子，再加以系统训练与高人指点，我想你必有一个光明可期的未来。在我看来，假以时日你肯定能成长为一名伟大的歌剧艺术家。你天资傲人，外表秀丽，而且最重要的是，如果我的直觉没错的话，你有坚毅果敢的灵魂，而且在你的悠扬歌声里，我瞥见了你高尚的内心深处那一团炙热火焰的倒影。我所言句句肺腑，绝无虚假。因此，我恳请你，务必守护好这珍贵的天赋，不要过早将其挥霍殆尽。现在，我正十分真诚地告诉你，你唱得真是非常非常好！这是一件非常严肃的事情，且意味丰富。首先，大家对你势必有所期待，而这意味着你得一天比一天唱得多，所以你必须练习有度。你的声线就是一座宝藏，而你肯定还未对它探测透彻。你的歌声里流露着浑然天成的优雅与无可置疑的蓬勃朝气，还有神韵悠长的诗意与人性蕴藏其中。请允许我向你保证，你绝对会成为一名天才歌唱家，因为或许你就是为歌唱而生的精灵，你将毕生欢愉都倾注于歌唱艺术，只有歌唱，方能让你的灵魂与思维升华至更高，甚至理想的境界。一首传世的歌曲，势必灌注了创作者的人生经历与感悟，势必融会了表演者迸发的情感与灵魂的呐喊。倘若你懂得如何妥善利用这些内外条件，那么你就能成为音乐天空里最璀璨的那颗恒星，不仅能够赢得财富，更能触动听众的心弦，赢得雷鸣般的热情掌声，也许最后还能得到皇室的青睐挚爱。"

听罢我一番阔论，小女孩神情庄重，目露惊诧犹疑。不过她年纪尚幼，我并不指望她能理解或欣赏我话里的深意。

远处有一道铁轨，那是我返程的必经之路，不过现在为时尚早，手头仍剩两三项事务未妥当处理，同时还有几个推托不掉的约会要赴。这几件事我得尽可能详尽准确地向各位汇报，还请体谅。首先，我得顺道去一家讲究的男式时装店，或叫裁缝铺，试穿我刚定做的西装。接着，我得去一趟市政厅，交好各类杂税。然后，我要去邮局寄信，这封信很重要，必须由我亲手递交。于此你便能看出，在这趟看似闲散的散步过程中，我有多少琐事、正事要办。也因此，我祈求你能宽恕我的磨蹭拖沓，谅解我和那些公务人员的冗长交涉，或许你也能将我的这些不幸当作消遣，聊以一笑。而由此导致的冗杂文章，也劳请各位一并体谅海涵。不过，身居大都市的作家们会在读者跟前如我这般谦逊有礼吗？我可不这么认为，于是，我也就较为心安，能厚着脸皮继续我的自述了。

我的天！我得赶往艾比太太家赴宴了，十二点半的钟声已然敲响，好在她家就近在咫尺，我如鳗鱼一般一个刺溜就到了。这就是艾比太太，她总是极其热情地招待我，而我的准时就如一件杰作——诸位想必都了解杰作难求的道理。见我到了，艾比太太当即露出一抹友善的笑容，诚挚而骄矜地向我伸出纤纤素手，牵领着我前往饭厅就座，我自然是无比愉悦地就势坐下。刚一落座，我不做任何矫揉客套，立马开动，大快朵颐，全然不顾其他，直至我略带讶异地发觉，艾比太太正凝视着我，那热烈得近乎热爱的眼神叫我难以忽视。虽然这没什么大不了的，但眼下的古怪情形还是让我有稍许惊诧。正当我想开口攀谈，转移一下艾比太太的注意力，她竟然抢先说道，她愿以非常欣悦的心情放弃与我交谈。这一反常言辞让我措手不及，只得将到了嘴边的话囫囵吞下，心底焦虑暗生，也对艾比太太有了些许戒备与畏怯。很快我便酒足饭饱，停下忙碌夹菜的双手，艾比太太却突然用一种温柔慈祥、却不容置喙的口吻对我说道："您怎么不吃了？来，我再给您切块多汁的肥肉。"一阵恐慌袭上心头，我好容易鼓起勇气谦恭有礼地婉拒道，我来此的主要目的并不是用餐饱腹，而是与人进行深层交流。对此，艾比太太迷人笑道，在她看来精神交流实无必要。"可我已经吃不下了。"我沉闷道。体内翻涌的慌乱恐惧令我几近窒息。艾比太太又说道："我可不相信您想就此停止切肉送菜，我不觉得您真的已经吃饱了，假如您说您已经吃撑了，我只能认为您讲的并非真话，只是出于礼节的客套。至于您所说的精神交流，正如我先前所言，我认为并无必要。我讲这话是完全出于本心。您来我家做客的首要目的，当然就是放开肚皮享用美食。这是我无论如何都会坚持的立场，我再次恳请您意识到这一点并作好调整。我敢向您保证，您得将我为您切好的肉扫荡干净之后方能离席。恐怕您已别无选择，您可知道，有很多家庭主妇对来客可说是殷勤至极，劝酒加菜毫无间断，直到宾客们个个吃撑。悲惨可叹的命运已等在前头迎接您，您只有勇敢面对，别无他途。每个人都无可避免地、得在适当时机做出牺牲，所以，别再反抗了，放开吃吧。顺从是多么美妙之事呀！就算在尝试过程中失败倒下，那又有什么关系呢？来吧，把这最最美味的肉片吃下去吧，我相信你能做到的。我亲爱的朋友，拿出点勇气来吧，我们都得学会勇敢。若我们都能恪守本心，矢志不移，那我们该有多么伟大！聚集力量，克服软肋，挺过最艰难的试炼，就能在最凶险的斗争中生存下来。您绝对想象不到，我这样看着您大吃大喝直至倒下时，心里是怎样的开怀；您也绝对无法想象，若您就此停下，我又会多么失望。但您会坚持的，对吧？就算已经撑到满上喉咙了，您也会坚持的，对吧？"

"你这个可怕的女人！你到底想我怎么样？"我怒吼着拍案而起，险些将餐桌掀翻。艾比太太赶紧一把拉住我，真诚地大笑道，她只是存心跟我开个玩笑，恳请我别当真，千万不要怪罪于她。"我只是跟你举个例子，告诉你有些过分热情的主妇会这么干，仅此而已。"

闻言，我自然也只能一笑而过。不过，有时我还挺喜欢艾比太太这不拘小节的落拓性格的。艾比太太盛情挽留我，让我下午陪她聊聊天，但我谢绝道，我不能再作逗留了，因为我还有几桩要紧事没办。听罢她竟还有些懊恼,问我,那几桩事当真那么紧迫?我不得不信誓旦旦地一再保证,若非真的迫在眉睫,我绝对不可能情愿离开这宅邸和这位如此动人尊敬的女主人。说完这些,我便告辞了。

现在我得前往时装店,会一会那个裁缝,征服并摧毁他。那个家伙固执己见,容不得一丝一毫的质疑之声,对自己的缝纫技术与做工效率充满了绝对的自信。动摇这位师傅的执拗信念可谓是这世上最艰难的工作之一,不仅需要勇气,还要具备坚定不移的决心。对裁缝和他们秉持的想法,我一向心怀畏惧;这么说虽有些可悲,但并不可耻,因为此情境下生出的怯懦是情有可原的。我已做好应付一切麻烦、面对暴风雨般进攻的准备,用勇气、嘲弄、怒火、愤慨、鄙视,甚至是对死亡的轻蔑武装自己;有这些可观的武器傍身,我深信,我定能从容应付那些潜匿在友好假象下的冷嘲热讽、指桑骂槐。然而,实际情况却相去甚远。不过现在我先按下不表,待之后再谈,因为我决定先去邮寄投递信件,而后再前往裁缝铺,最后去交税。邮局的建筑颇具品位,而此刻就近在眼前,我脚步轻快地走进去,找工作人员寻得一枚邮票贴在信封上,并在亲手将它投入邮筒前,再次谨慎仔细地在脑海中检查一遍所写内容,如下:

尊敬的先生：

　　这一声不太寻常的称呼应足以让您察觉笔者对您的冷淡态度。我并不指望能从您，或您这类人身上获得丝毫尊重，毕竟您或您的同类一向自视甚高，也恰恰是这自负影响了您的理解力与判断力。我深知，您自命不凡，行事乖张，无所顾忌；仗着有后台佑护，就自以为位高权重；还老是自夸聪慧，其实您根本就不知道"聪慧"一词究竟所指为何。您这类人，在贫困无依的穷人面前，态度行事尤其嚣张粗暴、冷硬无礼；您这类人，特别擅长耍小聪明，事事争强好胜，处处高人一等，恨不得每天都迷醉在所谓胜利与成功之中；您这类人，自然难以察觉自身举止的愚蠢，意识不到这一切实在是毫无必要也不讨人喜欢；您这类人，目空一切，遇事就只能想到诉诸暴力；您这类人，勇猛无比，而您的"勇气"只能用来回避真正的勇气和用来展现那伪装的真善美，您心知肚明，真正的勇气对您百害而无一利；您这类人，不仅对长辈和美德无丝毫尊重，对他人的劳动成果更是嗤之以鼻；您这类人，眼里最崇高无上的，除了金钱别无他物。在您和您同类的眼中，那些诚恳老实、勤勉工作的人就如毛驴般愚笨。我绝对没有弄错，因为我的小指头告诉我，我是正确的。我现在就敢当着你的面直言，您就是典型的尸位素餐之人，您也深知，若想谴责投诉您这样的人，我们得跨过多少阻碍、忍受多少白眼，而您则端坐在您的权位上，自顾享受那个位子给您带来的方便与欢欣。不过，您如今也应该预感到风雨欲来了吧？那些指摘非难，确实很难忽略。您背信弃义，无耻地利用那些有求于你的人，随意损害他们的名誉，假借慈善之名做中饱私囊之举，甚至还将罪名栽赃至属下头上。您脾气反复无常，若是个小姑娘也许还情有可原，但您是一个大男人，却还如此阴晴不定。在我眼里，你实在非常懦弱——请您原谅我对您的轻视。同时，雅量如您，还请允许我以后都不与您有任何公务上的接触，避免彼此相识，这也许有些强人所难，但毕竟能给本人带来一丝快乐，所以，还请您多多包涵。

然而，现在我已有些懊悔将这一封言辞激烈的信件交付邮局，因为它意味着，我已正式向一位身居高位的大人物宣战，以一种几乎理想的方式单方撕毁了我们之间的外交关系，或更准确地讲，经济关系。无论如何，战书已下，我也只能自我宽慰道，这位位高权重之士也许压根儿不会看到这封信，也许在看到第二、三个字的时候就已失去兴致，不愿浪费时间精力通读，于是将这封墨迹未干的信笺随手丢进废纸篓了。"而且，一般来说，这样的玩意儿不出三五个月就被人全忘干净了。"我故作深沉地总结完，便踏着大步往裁缝店去了。

裁缝神情怡悦地安坐在典雅的时装沙龙，或者说工作室内，被散着清淡芳香的布匹团团包围。一只鸟儿在笼子里叽喳鸣啼，给这屋子平添了几分田园韵味，一个小学徒在旁忙碌着裁剪布料。一见我来，服装大师邓恩先生忙不迭放下手头的针线活，优雅从容地自扶椅中站起迎接。"您是过来看您先前定制的那套西装的吧？您放心，鄙庄精心制作的衣服定是得体合身，毫无罅漏。很快就能做好交货了。"说着，他超乎殷勤地朝我伸出手，我自然也就亲切地给予回应。"我确实是来试装的，"我闪烁其词道，"对您的手艺我当然是万般信任，不过终究还是有些不放心。"

邓恩先生回应道，他认为我的担心毫无必要，并且担保成品必定剪裁精致，绝对合身。他边说边把我领进试衣间，而后便退了出去。他喋喋不休地保证，我却不以为然。试完装，我的失望也旋即涌至顶峰。我竭力遏抑内心翻涌的恼怒，但还是忍不住把邓恩先生喊过来，我努力以镇静与优雅的语气，向他抛出我毁灭性的结语:"果然不出我所料!"

"我最亲爱、最尊贵的先生,请您少安毋躁,切勿激动。"

我咬牙切齿道:"难道我没有理由激动吗?你那套鬼话留着讲给自己听吧!这套你所谓无可挑剔的西装,你自己看看,我真是失望透顶。现在好了,我所有的担心、最糟糕的预感都成了现实。就这成品,你怎么就敢拍胸脯跟我打包票呢?你还信誓旦旦地跟我说你是个服装大师,你怎么就这么厚颜无耻呢?如果你还尚存有一丝诚信和良知,就该承认,你这套所谓大公司的完美出品就是一摊破布!"

"'破布'这个字眼您还是慎重些用吧。"

"邓恩先生,我会尽量克制情绪的。"

"谢谢您的雅量。"

"如果我要求您好好修改眼前这套明显纰漏百出的西装,想必您应该不会反对?"

"嗯,这要求不过分。"

"我心底的不满、失望与恼火迫使我不得不告知您,您确实惹怒我了。"

"我向您发誓,我真的感到非常抱歉。"

"你发再多誓、表露再多歉意也是于事无补,我对这套西装绝没有一丝一毫的认可，而且我坚决拒接这套西装，从它身上我找不到任何可取之处。穿上它，我莫名变成了驼背，如此的扭曲与丑化我是无论如何不可能接受的。这袖子太长，马甲'完美'地凸出了我的啤酒肚，可真是'杰作'一件。还有，这糟糕至极、愚蠢透顶的裤子也太令人作呕了，看着这设计稿，我就更加毛骨悚然了，图纸上明明白白画着该宽的地方，到了这实物就变窄了，该窄的地方，你又给做得松松垮垮。邓恩先生，您的执行力可真是难以想象的糟糕，您做的这套成衣充分暴露了您的无知可笑和小家子气。恕我直言，做出这套衣服的人绝不是什么天资聪颖的大师。"

邓恩先生沉着应道："抱歉，我无法理解您的愤慨，而且我也不会花费力气去理解。您加诸我的一连串激烈谴责实在叫人费解，也许我永远都理解不了。这套西装明明就和您很相称，它完美地衬托出了您身材的所有优点，谁也无法动摇我的这个看法。至于它身上的某些突出特质，我想您过不了几天就能适应了。很多高级官员都常来我这儿定做衣裳，这便是我娴熟手艺的绝对证明，就连最高法院院长都曾给我发过邀约。对于顾客的某些苛刻要求和天真幻想，恕我无法满足，而我也不想逢迎，而那些地位比你高、比你养尊处优的绅士都认为我的专业技艺无可挑剔。希望我的这些说法能稍稍平息您的怒火吧。"

我不得不承认，目前看来已无可能取得任何进展，而且，我过激怒火引发的鲁莽进攻也许已节节败退，因此，我只能仓促收兵，落荒而逃。裁缝店里的这场闹剧终究以我的仓皇撤退而终。不忍再回顾前事，我头也不回地往税务局飞快行去。不过在此之前，我得先澄清一个误会。

关于税务局，其实我并不是去清缴税款，而是去同尊敬的税务委员会主席进行一次深入的谈话，向他说明并厘清我的开支状况。劳请各位读者先不要将此错归罪于我，且听我道清个中原委。正如服装大师邓恩先生对其成品指天誓日的承诺，在此，我也想许下一个掷地有声的保证，那就是，关于紧接下来的汇报，我将竭力做到准确与完整兼顾，细节与简洁并重。

我一个大跨步便进入了方才正讨论的那个美妙情景。"请允许我向您说明，"我从容坦诚地向税务官吐露道，"我只是个穷写字的作家，收入实在微薄寒酸。在我身上，从来都难觅财富的痕迹。不过，对这一悲哀事实，我心有遗憾，却无任何绝望或恐惧。正如他们所言，我已经尽我所能做到极致。我将所有奢侈享受自生活里全部抹去，每天所食只够果腹——您只要看我一眼便能得出这个结论。也许先前您对我有所误解，认为我是地主，或有各色收入来源，但我必须谦恭且严正地反驳所有诸如此类的猜测，并且告诉您一个简单且毋庸置疑的事实，那就是我与富裕二字毫不沾边，相反，却与各类贫乏紧密相连。善良的您大可把这一点记录在册。每逢周日我从不外出上街，因为我连一身周日礼拜服都没有。我每天如田鼠般规律而简朴地生活着，连一只麻雀都比你眼前的这个汇报者和纳税者前程光明。我是写了一些书，无奈却不受大众喜爱，每思及此，我心肝俱裂。我坚信，您必定能体会我的处境，也对我的财政状况有了一定了解。事实了然清透，我既无社会地位，也无社会名望，似乎对这社会，甚至是我自己，也没有什么责任感。如今，提起文学，其实绝大多数人心底并没有火热攒动的热情，但却自认可以胜任文学批评家的角色，毫不留情地对我们的作品进行猛烈抨击，这些言论凶狠如鞭笞，叫我遍体鳞伤，纠缠如锁链，将我的抱负拖入深渊。当然了，也有一些好心高尚的赞助人，时不时向我伸出援手；但是赠礼并不能算作收入，一点小小资助也称不上多大的财富。最尊贵的先生，鉴于以上的自述及列举的种种叫人信服的理由，我恳请您，可否免去那笔新增的税款并且尽可能地将我的税率设在最低水平？"

税务官质疑道："可别人总撞见你在无所事事地散步。"

"哦，你说散步呀，"我答道，"我必须经常到处走一走，一来可以振奋精神，二来可以同这个活生生的斑斓世界多些接触，若没有对周遭的观察与对世界的感受，我半个字、半句诗都写不出来。如果不去散步，我会凋零，而我钟爱的职业更似受到灭顶之灾。不散步就失去了收集外部信息的渠道，我就无法写出像样的报告、文章，更别提真实的长篇故事了。没有了散步，我又该去何处细察世间百态，体验人生？您如此智慧开明，肯定倏忽间便能明白这个道理。在这悠长而美妙的散步途中，我思绪翻飞；若一直闭锁在家中，很快便文思枯竭。于我而言，散步不只是锻炼身体，欣赏沿途风景，更是一项为我的写作服务的实用性举动；它首先是我职业的必然所需，此外才是带来欣悦的娱乐。散步令我神清气爽，予我宽慰，给我带来无限乐趣，最重要的是，它时刻鞭策着我进行创作，因为它为我双手奉上了一个宝贵的巨大素材库，供我在家写作时不致言之无物，无病呻吟。一场散步汇集了无数鲜活的场景，赋予我诗的想象，看似无足轻重，实则无比珍贵。散步过程里，自然与城市的迷人本质与优雅内核活生生地在散步者的眼前与心里逐一展露，因此，散步者若想飞舞想象的翅膀，在无尽思绪里腾飞，那么他就必须保持心清目明。您何不想想，为何诗人一旦无法再从大自然里汲取养分，便旋即灵感凋敝，只能走向衰败？您再想想，作家自瑰丽斑斓的世界得到珍贵如金的圣启，这自然对于他们是多么重要！散步铺就了一条通往自然的步道，若没有了从中得到的美妙启迪与谆谆教诲，我便恍若游离于茫茫大雾中，迷失了。一名合格的散步者必须怀揣着热爱与关切，仔细观察路遇的一切事物，一个小孩、一条狗、一只苍蝇、一只蝴蝶、一只麻雀、一条蠕虫、一朵花、一栋房子、一棵树、一株灌木、一只蜗牛、一只老鼠、一片云、一座山、一片落叶，甚至是路边的一张破碎纸张，上面都可能有歪扭字迹写成的少年心事；在他的眼里，天地万物，无论高低贵贱，都自有其价值，一样可爱，一样动人；他可不能带着个人浓烈的偏爱和敏感去扫描这个世界，应该无私平允，由着细致的双眸漫游到它的向往之处；在对万物的窥探与冥思中，他必须抹去自我的痕迹，将私人的抱怨、需求、渴望及牺牲抛诸脑后，忘我如英勇热忱、甘于奉献的前线战士。倘若他做不到以上这些，反而心猿意马，那么他的散步之旅终将一无所获。他还必须得时刻维持高涨的热情，对万物保有一份同情怜悯；必须沉下心，静心从细节与深层处去感受万物。专一无私地将自我融入身处的物质世界，并心怀热衷爱意去拥抱遭遇的一切，这便是他的快乐之道。'散步'一向背负恶名，总叫人联想起满身恶臭的流浪汉或浪荡酒鬼，但这位散步者已然超脱了'散步'这一虚名，贯穿其间的精神、奉献与忠诚早已升华了他与他的散步之旅。他细致全面的旁观与考察既丰富振奋了他的内心，又能给予他面对困难时的镇静优雅，而且，也许听来难以置信，但这些观察的确蕴含着缜密的科学性，绝非杂乱无章。或许我常给人留下糟糕印象，在街上晃悠，似个白日做梦的无业游民，甚至是扒手，轻佻浪荡，毫无责任感，但您是否意识到，当我在所谓闲游时，其实我的脑子正无比活跃地精密运转着。各式各样的曼妙想法不动声色地徘徊在散步者左右，神秘而隐蔽，时而叫他停下稳健的脚步，伫立倾听，却不知不觉被风中的古怪精神力量攥住了心神；时而在心底升腾出一种感觉，仿佛将要沉入地心；时而令他这位思想者与诗人产生错觉，似乎在昏眩迷乱的眼前出现了一个正大张着血口的深渊，此刻四肢瞬间僵直，脑袋差点儿要掉进泥里，乡村与人影、声音与色相、脸孔与农庄、云朵与日光，一切如流云幻影般在眼前旋转，使得他不得不扪心自问，'我到底身处何方'，而大地与天空骤然汇流于一处，相互碰撞成闪耀模糊的星云形状，然后，混沌伊始，秩序顿亡。内心受到强烈震撼的散步者竭力寻回清明的理智，最后他成功了，于是又充满自信地继续散步了。在一趟稀松平常的散步中，我撞见了巨人、万分荣幸地偶遇梅里教授、顺道与书商和银行职员打了交道、同年轻貌美的歌手与隐退演员进行愉快的交谈、和睿智的女士们共进午餐、穿过密林、投递了一封极其危险的信笺、与狡诈的裁缝大师恶战一场，您是否觉得，这一切经历都只是我的臆想？而事实是，这所有的一切都可能发生，并且我坚信，它们已经发生过了。路途中，总有一些令人惊叹、精彩绝伦的灵感萦绕散步者左右，若他视而不见或随手丢弃，那可真真是愚不可及。相反，对所有不寻常的诡秘想象他都该举双手欢迎，同它们交朋友，视它们为手足，因为这正是他快乐的源泉；他会赋予这些想象一个精美坚固的实体，为其灌注灵魂与教养，就如同这些想象对他的教导与启迪。一言以蔽之，靠诸如此类的沉思冥想、钻研挖掘、勘察调研、奋笔耕耘，当然，还有散步，我勉强能够糊口，而这并非轻而易举之事。也许我外表状似无忧无虑，但我内里其实认真严肃、负责本分；也许我看似柔弱浮夸，但我其实是个脚踏实地的实干之人！我真诚地希望，这番谨慎细致的解释能叫您满意并坚信，散步实乃我职业所需，是值得尊敬的。"

税务官叹道:"好吧。"他又随即补充道:"关于您提出的以最低税率缴纳所得税的申请,我们稍后会进行批阅审理,并尽快予以答复。感谢您为此做出的详尽报告与诚挚解释,现在您可以先行离开,继续散您的步了。"

我终于松了口气,欢腾着离开大厅,去到外面呼吸新鲜空气。获得自由的欣悦蔓延四肢百骸,叫人飘飘欲仙。顽强地撑过几场风暴,胜利地跨过几道险峻屏障,我终于来到了提及已久的那个铁道口,到了跟前,却不得不暂缓脚步,等待火车从容轰鸣而过。男女老少,各色人等,都和我一样,在栅栏前静待。慈祥而身材臃肿的信号员的老婆如雕塑般伫立在旁侧,目不转睛地紧盯着我们这帮等待的人,以防我们越轨。火车飞驰而过,载满了不时往外张望的士兵。车厢内端坐着战士,踌躇满志,誓死卫国;车厢外则呆立着无用的老百姓,挥舞着双手,大喊爱国口号。这场面可真是感人至深。十字路口终于开放,我和其他人横穿而过,平和安详。此刻,周遭万物似乎比原来美好了一千倍,这散步之旅仿佛也变得更加意味悠长、内蕴丰富了,而置身铁道口的这一刻就好像是这趟旅程的高潮瞬间,往后就只能走下坡了。我微妙地感觉到,周身有欣悦的气息缭绕,但那泛着金黄的快乐中又弥散着一丝忧伤,似高贵的上帝正隐身于此,对我轻吐呼吸。"这个地方有一种圣洁的美感。"我暗忖道。大地温柔地平躺着,身上覆满看似普通却十分可爱的田野、花园与农舍,如离歌轻吟,催人泪下。古老的民谣轻柔而悲凉,和着人们如泣如诉的咏唱,在四周吟响,优美的乡间小道上似有动人轻盈的灵气飘然而落,隐隐闪耀着蓝白交杂的金灿光芒,平民百姓家的寻常屋舍披着一身玫瑰金色的柔光,快乐与感动如天使般自天堂悠然降临。爱与清贫沐浴着金银相映的光辉,十指相交,在空中漂浮漫步。我似听到耳边有爱人正轻唤我的名字,又仿佛觉得有人在我脸上拂下一枚轻吻。万能的主正沿着小径信步走来,为这大地披拂上天堂般的瑰丽斑斓。此间万物及脑海中的联翩想象,都令我坚信,耶稣已再次降临人间,就在这人潮与天地间漫游。房舍、花园、世人都幻化为乐声,所有具象之物皆抽象为行云流水般温柔的灵魂,银色纱幔与渺渺雾霭自心灵深处缥缈而出,覆于世间万物。世界的心灵开启了,一切饮恨失望、所有邪恶痛苦皆消散风中,再无影踪。先前的散步经历一一浮现眼前,但眼下的壮观景象已令我无暇顾他。未来变得苍白,往昔轰然倒塌,我只想沉浸于绚丽夺目的当前此刻,如繁花般怦然盛放。远近左右,伟大之景与渺小之物历历浮现,以不可思议的极乐姿态沐浴在银光中，而置身在这盛景中的我早已沉沦，其他美景想象皆烟消云散，意义消亡。我眼前是美伦绝幻的大地，而我最倾注心神的依然是那些极细微之物。极乐天堂以爱的姿态于天地间浮沉，我似变成了精神层面的幽灵，在一个内心营造的世界里散步，而周遭一切只是梦境，以往明白了解的事物都遭到了彻底的颠覆，我从理性的表层堕入神话般的深渊，它便是我此刻认定的美好。我们了悟和倾心的人与物也回报我们以相同的理解和热爱。我不再是昨日的我，我已成为另一个个体，而恰恰因为如此，我得到了升华，寻回了自我。在这爱的甜蜜光芒中，我终于醒悟，只有内心世界的自我才是真正存在的本我。我不禁思绪翻涌："倘若这大地不复存在，我们又该往何处安身？倘若失去了自然赐予的美好，我们还能剩下什么？倘若我不能于此处安身，我能去往何方？于此地我坐拥一切，在别处我则一无所有。"

我所见的渺小轻微实则举足轻重，所见的幽微实则美艳动人，近在咫尺的便是美好的，可爱之物往往温暖人心。明媚日光下，两栋小屋并排而起，宛若亲善友爱的邻居，这画面真真叫我陶醉。这份陶醉在轻柔的空气里升华为另一种愉悦，漂浮颤抖着，似在强忍不让这份愉悦漫溢。那两座精美屋舍中，其中一座名唤"小熊旅馆",招牌上鲜灵活现地绘着一只可爱逗趣的小熊。房子旁边的高大栗子树投下舒适的阴影,居于其间的必定是友善可亲的客人。这房子与某些浮夸自傲的建筑截然不同,它独有一种叫人信任与亲近的气质。居住在此,目之所及净是精心打理过的花园和郁郁葱葱的树林。另一座小屋则像图画书里的某页插图,散逸着童话般的诡丽气息。它的周边环境堪称完美,我对它的爱意顷刻涌至四肢百骸,心底翻腾着一股想要在此筑巢安家的冲动,此时我只祈求能在这所充满魔力的房子里安度余生。然而,世事总难遂愿,这精巧绝伦的房子早已有人定居,若想按着这高雅品位再寻得一处住所,恐怕绝非易事,毕竟空置之所大多相当骇人。居住在这座优美的小房子里的肯定是个老奶奶或是个大龄未婚女人,因为它散发的气息无不在暗示着这一点,而且屋舍的外墙上还绘有壁画和挂着油画,细腻典雅,描摹的是瑞士阿尔卑斯山的风物人情,画里头也有一间小房子,是伯尔尼高原地区常见的农舍。坦率地说,此画画工绝对称不上高明,但在我眼中,它就是惊世之作,其简单质朴引我入胜。其实,每一幅油画,不管多拙劣,都能第一时间叫我联想到画者所下的苦工,其后才是其内容。难道不是每首曲子——即使是最无才情的那种——对于热爱音乐其本质的人来说，都是优美的存在吗？难道不是几乎每个人，即便不讨喜，对于他的亲友来说，他都是可爱的吗？置身于真正盛景中的风景画往往任性多变而引人流连，这一点显然毋庸置疑。对于住在这间小屋子的是个老妇人这一如铁事实，我并不想再过多引证或坚持强调它就是绝对真理。不过我有稍许讶异，我竟轻易将"如铁事实"这一用词挂在嘴边，毕竟我往昔一贯认为，万事是，或应是柔韧而灵活的，如同人的本性或母亲心里的千般思绪。此外，这所小屋是刷成蓝灰色调的，窗户则是明快的嫩绿，金色光芒洒落其上，似有笑意嫣然；四周花园环绕，繁花锦簇，芳香四溢，就连屋顶都有玫瑰丛生，尤为迷人可爱。

假若我没有神志昏乱，而是如愿保持精神矍铄，我会和悦地继续上路，路过一间乡村理发店，不过我似乎没有理由对其客人和老板进行详述，因为我尚不需要理发，尽管这或许会非常有趣。而后，我途经一家鞋匠铺，它不禁勾起我对诗人伦茨的回忆，他是个不世之材，却过得不快乐，在精神错乱之际跑去学做鞋子，最后成了鞋匠。接着，我又走过一间学校，我是否要顺道参观一下亲切的教室、拜访一下正严厉训诫学生的女教师？此情此景，散步者不由得自心底升起一股热望，想要变回那个调皮捣蛋的男孩，再次回到学堂，体会一把因淘气犯错而被打屁股的滋味。说到打屁股，我正好补充一点，似乎我们大家都理所应当地认为，若一个乡下人为了换几个邪恶可鄙的臭钱，就毫无迟疑地砍掉门前古老高大的核桃树，置其家乡壮丽风景的光辉于不顾，那这个人绝对得被好好教训一顿。这时，我路遇一座十分讨喜的农舍，正巧其门外就生有一棵高大繁茂的核桃树，所以这个关于卖钱和打屁股的想法便油然而生。我大声喊道："这棵壮伟挺拔的大树遮阴蔽日，为这房子增色良多，枝叶婆娑，似在吟唱对这片土地的质朴而浓烈的挚爱。要我说，这树简直就是圣物，倘若其主人利令智昏，胆敢毁掉这散发绿色魔力的密叶，以满足他对金钱的无耻贪欲，它的千百条枝丫便会如长鞭般抽打在这个冷血卑贱之人身上。这些蠢蛋肆无忌惮地破坏美好之物，就该被逐出人类社会，流放到西伯利亚或者火焰山去。谢天谢地，好在仍有许多有良知的农民，愿意倾心守护这片好山好水。"

或许，我以上对于树木、农民的贪欲、流放至西伯利亚之类的说法是有些过激，我也承认，我的愤慨一时压倒了理性，但是，对自然心怀敬仰的朋友想必多少能够理解我的不悦与过激言辞。一千鞭挞的建议我暂且可以收回，"蠢蛋"这个称谓也不值得我鼓掌称赞，毕竟用词过于粗鲁，因此，我再次恳请诸位读者的原谅。至此，我已多次求过读者的谅解，竟有些熟能生巧了。"冷血卑贱"似乎也是多余之语，显然，我热血上头，过于激愤了，这本可规避；但眼见那样一株高峻古树轰然倒地，心中不免悲恸暗生，这是谁都制止不了的。"逐出人类社会"的言语同样显露轻率；还有，我将对金钱的欲望形容为"无耻"，但我自己在这个方面亦不是完全清白，也曾亵渎过清高、心生过贪婪。从我的这些用词可了然看出，我十分感情用事，感情用事固然有其缺陷，但也有难能可贵之处，而且在我看来，它是非常必要的。礼仪与道德准则要求我们严以律人时绝不能宽以待己，而人们往往只能做到后者——如春风般温暖地要求自己，而我却在此如秋风扫落叶般痛陈自己的过错，并努力修正那些无心的冒犯之语，难道不值得诸位的赞扬吗？我坦荡地自我批评，证明我是个好好先生；我甘愿磨平棱角、软化尖锐，说明我是个心思细腻的和事佬，而且口才伶俐，俨然一副外交家风范。当然了，先前的粗莽之语已叫我颜面尽失，但我希望读者们能理解并欣赏我的一片善意。

假如眼下仍有人认为我是个莽撞骄横、随心所欲的专制之君，那么我斗胆说一句——其实我也有权这样说——此人彻头彻尾是在信口开河。也许再没有作者如我这般贴心文雅，且时刻照顾读者的感受。

　　好了，现在我可以专心游览这个王宫或贵族宫殿了。我堂而皇之地登门造访，这个显赫一时的豪门宅邸如今已显倾颓之势，与它同样古老的花园还算郁郁葱葱，曾几何时，这里聚满了矜傲骑士与显贵人士，唱诗起舞，觥筹交错，惹尽世人的艳羡目光；许多文雅而潦倒的作家也居住于此，每天乘着气派马车进进出出，心里不免十分自得；还有不少才华横溢，却同样贫穷潦倒的画家希冀着，能在这座典雅古老的城堡小住一段时日；就连众多教养良好但家境中落的姑娘也对这豪门深宅里的荷塘月色、锦鲤戏水、高朋满座憧憬不已，带着些许惆怅、些许甜蜜地幻想着奴仆的侍奉与骑士们的殷勤。城堡大门上镌刻着"1709"的年份字样，瞬间勾起了我的兴致。作为一个自然学者与古物研究者，我欢忭地考察着这座梦幻幽深的古老花园，一湾湖泊镶嵌其中，里头的喷泉溅起水花如烟，我只是稍稍抬眼一望，便瞥见了一条约莫有一米长的稀奇大鱼，我断言这是一条孤寂的欧洲巨鲶；池边建有一个毛利或阿拉伯风格的亭台，各种颜色描绘其上，繁而不杂，有如天空般纯净的湛蓝、神秘如星空的冷银、璀璨的金黄和典雅大气的深黑，给人以浪漫怡悦之感。凭着异常细腻的直觉，我推断这亭子肯定是1858年的产物，想必此刻我脸上应挂着无比自信的表情，这一经科学演绎得出的揣测赋予了我无穷的信心，自觉我或许也可以在市政厅热情的庞大观众前宣读我对此所做的专业报告，而且报刊也极有可能会刊登我的论文，对我来说可算是无上荣耀。就在我细致研究这个阿拉伯或波斯风格的亭子时，我突然想，夜幕降临时，这里该是怎样一番光景！夜色为万物罩上一层朦胧的轻纱，静谧安和，松树的轮廓在幽暗里似有幻无。子夜攥住了孤寂游子的心绪，此时，夜阑如水，一位翠绕珠围的姣美妇人提一盏青灯、挟一抹暗香，自幽黄微光里漫步走来，她突发奇想，遂摇曳着走进亭子，在钢琴边——在如此城堡中自然是有钢琴的——款款坐下，十指飞舞，顿时乐声曼妙，假若梦境允许，她还会轻柔地唱和，声音甜美纯粹。如此良夜，该是多么叫人沉醉！

但此时远未到午夜，也不是中古世纪，更非十五世纪或十七世纪的某日；今日只是个寻常的工作日，晴天高照，我近旁的那群人，还有他们身边的汽车，简直是粗野无礼至极。他们粗暴地打断了我的学术探究和浪漫想象，将我从对城堡往昔的诗意幻象中一把拉扯出来，我不禁高喊道："我正沉浸于深奥的钻研及高雅的遐想里无法自拔,而你们竟然硬生生地打断了这一切,真是太野蛮了!我本该愤懑不平,但我选择宽宏雅量地包涵、忍受你们的无礼行径。逝去的甜蜜瞬间是一种美好,年久斑驳的油画亦有其美感,但我不能就此认为我有权与这个世界背道而驰,有权憎恶周遭的人事,因为他们既无法理解,亦无法企及我的精神境界,无法如我一般,在历史的厚重疆域里尽情驰骋。"

我继续散步,思忖着:"此时若来一场雷雨,那真是再美妙不过了。多喜欢我能有此经历啊!"

一条黝黑的忠诚大狗正躺在路边晒太阳,我开玩笑着对它说了以下一番话:"你这个没有教养的小家伙,难道你就没想着要起身对我摇摇尾巴吗?难道你没从我高贵的言行看出来,我可是个在国际大都市生活过至少七年的大人物?要知道,那段时日里,我没有一个月、一周、一个小时,甚至是一分钟断了和那些极有修养的文化人的联系。你呢?你又是何方神圣?竟然就这么躺在地上看着我,像尊雕塑一样,连个爪子都懒得动、连句话都不肯回答我?你真该为你自己感到羞愧!"

事实上,我很喜欢这条大狗,忠诚警醒,安静中带有一丝狡黠,只消看一眼便能喜欢上它。它看我的眼神那样温顺,于是我才决定逗它两句；又因为它完全听不懂人话，我才敢那么张狂地将它数落一顿。不过，我诙谐的言语也应该能叫各位读者明白，我并不是当真在辱骂它。

这时，前面有个衣着华贵却略显古板的先生正趾高气扬、大摇大摆地朝我走来，我不由得悲从中来："世上还有那么多孤苦无依的小孩，而这位打扮精致、衣冠楚楚、西装革履、珠光宝气的先生是否曾有一分一秒想过这些食不果腹、衣不蔽体、遭人遗弃的可怜孩子？当路遇那些流浪觅食、泥水满身的小不点，这位如孔雀般招摇过市的先生是否曾有过恻隐之心？在我看来，只要世上仍有填不饱肚子的贫苦小孩，我们这些大人就不该如此心安理得地穿戴一新。"

不过，也许有人会说，既然如此，那么只要世上仍有监狱和过不上好日子的囚犯，我们就不应出入戏院或进行其他娱乐活动，但是，这显然太过苛刻了。如果人人都得等到这世间再无穷山恶水方能安然享受生活，他恐怕得等到两鬓飞霜，甚至世界末日都未必能等到这一日，即使万幸等到了那一天，生活的乐趣只怕也因荒芜已久而凋敝湮灭了。

一个衣发蓬乱的女人朝我迎面走来，一副打杂工的女佣人打扮，连日劳作的筋疲力尽在脸上显露无遗，她脚步蹒跚匆忙，显然还有更多活计等着她操办。望着她，我霎时想到那些娇生惯养的小姑娘或大家闺秀，她们天真懵懂，只对打发时间的悠闲消遣了如指掌；整日无所事事，每天只惦念要如何打扮才能光彩夺人，因此也不曾体会何为真正的疲累；最擅长揽镜自照，往糖果般的脸颊上涂脂抹粉。

但我自己倒总是对这些养尊处优、如月华般皎洁的美丽少女倾慕不已，轻易便拜倒在她们的翩跹裙摆下。任何一个动人的豆蔻少女都能对我颐指气使，只要她们想要，我便甘心双手奉上。啊，这就是美的魔力！

现在我又要回头谈起建筑艺术了，也许会稍微提及文学与美学。

不过，在此之前，我先稍作声明，我认为，在古朴典雅的历史建筑上做任何人为的装饰镶花皆为画蛇添足，做出如此无品之举的人是在糟蹋高雅与隽永之美，败坏高贵而英勇的老祖宗们留下的宝贵回忆。其次，别在喷泉这类建筑周围摆设花艺。鲜花本身是优美的，这毋庸置疑，但它们不该被用来破坏石雕建筑本身的雅致简约之美。对花儿的倾心往往会蒙蔽双眼，以致成为不理智的痴狂。

我还想费些笔墨在两座雅致而有趣的建筑上，它们轻而易举地攥住了我的心神，让我如痴如醉臻至忘我之境。那时，我沿着小径越行越远，直到我撞见了一座迷人罕见的小教堂，只消一眼我便将其命名为"布伦塔诺小教堂"，因为它梦幻般半明半暗的气质昭然彰显着，它就是浪漫主义时代的杰作。我不由得想起布伦塔诺那野性晦暗如暴雨将倾的小说《歌德维》。高窄的拱形石窗赋予这幢原始独特的建筑以细致柔和的线条感，凸显了其内在的厚重而不乏生动。我的脑海中花火闪现，不由浮现了方才提及的诗人笔下描绘的那些狂野燎原的景色，特别是那片德国的橡树林。不一会儿，我便站在了一座名唤"露台"的别墅前面，它勾起了我对画家卡尔·施道尔夫·本昂的追忆，她曾在此小居过一段时日；同时，我还联想到了柏林皇家狩猎园大道上的一些堂皇建筑，那些建筑庄严矜重中弥散着一种简约古朴的美感，实在是值得一赏。于我而言，施道尔夫·本昂别墅和布伦塔诺教堂是两座纪念丰碑，同样地高贵珍重，但其致敬的世界却截然不同：一个是规谨冷峻的优雅，另一个则是朝气蓬勃的梦幻。两幢建筑虽然落成的时间相隔不久，也一样地精雅优美，但其内涵气质却大相径庭。此时，夜幕渐临，大地也即将归于沉寂。

或许这里还可渐次交代某些日常境况与街头小景：毗邻着

几家工厂和公司办公楼，有一家恢宏的钢琴厂，其旁有一条大道，两道的白杨树绿荫如盖，一脉流水蜿蜒而过，男女老少和着穿梭而过的有轨电车，十分嘈杂。在车厢里探头的军官、一群黑白花纹交杂的奶牛、乘着牛车的农妇以及牛车车轮碾过沙地的嘎吱声，挥鞭而起的风声，堆叠着高耸货物的啤酒车和啤酒桶、从放工的厂子里潮涌而出的工人等等，满目拥挤的人潮事物，却鲜有人作出思考。载满货物的火车顺着铁轨飞驰，一个庞大的马戏团浩荡而来，有大象、骏马、狗、斑马、长颈鹿、龇牙咧嘴的狮子、新哈勒斯人、印第安人、老虎、猴子、爬行的鳄鱼、表演的舞者和北极熊；还有许多随行人士，如仆人、表演人员等。远处有背着木头来福枪的男孩，他们正模拟上演一场栩栩如生的欧洲战事，还有一个自得地轻哼着《一万只青蛙》的小痞子；再远处还有拉着木料车的伐木人，三两只憨肥的大猪，令观者旋即联想到香喷美味、正冒着热气的烤猪排；还有两个波西米亚女人、高卢女人、斯拉夫女人，甚至还有身着红靴子、黑眼珠、黑卷发的吉卜赛女人，一见到她们，便不由得想起通俗小说《吉卜赛女郎》里那个真实发生在匈牙利的故事。还有林立的商铺：纸店、肉铺、钟表行、鞋店、帽子店、铁匠铺、布店、外国货专营店、香料和调味品店、女装店、小百货店、面包店和蛋糕店。夕阳悄然为这一切披上了一层霞光。还有，学校里学生与面带肃色的老师的声浪此起彼伏，一片如画景象。还有难以忽视的大块招牌与广告标语："派席尔肥皂粉""玛格牌汤料名扬四海""大陆牌橡胶鞋底行遍天下""地皮出售""牛奶巧克力天下第一"等等，诸如此类，还有许多我无法理解的广告语，总之天下之大，无奇不有，实难细数，聪慧的你们自然懂得这个道理。不过，其间有一张广告贴标引起了我的注意，所写如下：食宿宾馆。底下还有一行小字：贵族绅士们向富贵人士们推荐的一等佳肴，提供叫您绝对满意的美味餐飨。这招牌似在昭告世人：

凭良心讲，我们提供的琼肴蜜酿只为贵人们量身定做，我们只愿设宴款待真正的绅士，而那些每月将工资都花在酒钱上的无赖和那些囊中羞涩的人，最好就别在我们这儿露脸了；而且，我们的餐桌均用鲜花精心装饰，餐具亦是镶金镀银，桌上享用餐点的可都是些举止风雅的倩丽佳人。我们只想说明一点，只要尊贵的绅士先生一踏足我们富丽堂皇的宾馆，就必须摆出典雅的风度。至于那些浪荡子、好斗粗野之士、自命不凡只会吹牛皮的人，我们通通坚决地拒之门外，因此，那些自认属于上述类型的好汉请务必自重，请您不要踏进我们这家一流的宾馆一步。其他精致有礼、高贵亲和、活泼但不过分狂放、较为内敛安静的，最重要是付得起账的客人，我们举双手热烈欢迎，在此，你们将受到最热情优质的招待与服务——我们虔心向您保证，这一点绝对是我们至上的原则，永不违背；各位迷人绅士将在我们的菜单上轻易找到各类在别处很难觅得的精美菜肴，因为我们的厨师皆为名家大师，出品都可担得上烹饪艺术的名头，任何在我店享受服务的客人均可作为这一事实的见证人。我们这里提供的菜肴绝不缺斤少两，而且选材上乘，只为保证客人的健康与安全，而且，不管客人的想象力多么丰富，也铁定想象不出我们设计的菜品是何种模样、何种滋味，对于客人初见菜肴时的惊诧眼神我们早就习以为常。不过，就如我们已多次强调的，我们这儿只欢迎有头有脸的绅士贵客，在此，为避免误会及消除疑问，我们想再重申一次我们秉持的准则：于我们而言，只有举止风雅得体、自认高人一等的才是我们欢迎的绅士贵宾，无过人之处的芸芸众生并不在此之列；在我们看来，一个高人一等的绅士必须满心满怀皆是虚荣愚蠢的念头，且整日沉溺于想象之境，比如幻想着自己的鼻子是世界上最完美的鼻子。若您只有善良正直、诚实可靠等诸如此类的优点，就敬请别来叨扰我们了。我们自有一套如何辨别优雅高贵的绅士的细致标准，从其姿态、声调、社交的方式、脸部神情、体态举止、着装、礼帽、手杖，甚至是西服纽扣上别着的鲜花，皆能鉴定他是否有真正的绅士做派。我们的目光洞察一切，锐利如巫术，斗胆说一句，我们在这方面可称得上是天赋异禀。好了，至此，大家应该都明白了，到底哪些人才是我们店里欢迎的真正出类拔萃的绅士，倘若某些没有自知之明的人士上门造访，我们隔着老远便能辨别出他没有资格成为我们的座上宾，而我们也只会对着尚在远处的他彬彬有礼地大喊一声："非常遗憾，抱歉了。"

或许会有三两个读者对以上提到的这则广告的真实性存疑，会告诉自己，这实在是难以置信。

确实，文书及此，字里行间总归会有几处重复啰唆，但我得承认，在我看来，人与自然自始至终都处在规避重复的斗争中，而这一过程，或者说现象，极富美感，甚至可视为神的赐福。当然了，总有些人追求感官上的强烈刺激，崇尚独一无二的猎奇乐趣，但作家断不能为此类人写作，不只是作家，作曲家、画家都不会为他们的欲望服务。总的来说，我将对全新事物的过分追求视为一种偏狭，说明此人自身没有丰富的精神世界，缺乏慧眼领略大自然的大美，且理解能力低下。只有在哄小孩儿时，才需要不断给他们展示新鲜事物。严肃正经的作家并不认为需要堆叠所谓的新奇写作素材，更不会成为猎奇读者的奴隶，因此，一些自然而然的堆砌反复并无大碍——当然，作家还是应该竭力避免太多冗赘的重复。

　　夜色已浓，我漫步在一条幽静迷人的小径上，小路两旁树荫倾盖，一直通向湖边，而那湾湖泊便是此次散步的终点。湖畔的桤木林里，一间学校的学生在此聚集，那个牧师或教师模样的人身披晚霞，孜孜不倦地向正亲身感受自然之美的学生们传授关于自然的奥秘。我慢慢往前散步，脑海里浮现出两具身影。许是因为倦怠了，首先闪现的是女孩子的倩影，但转念又想起自己孑然一身的处境，心下不免有稍许愤懑。自责如蚀骨蚂蚁从后背盘旋而上，再堂皇地攀到我跟前。某些苦痛回忆萦绕着我，不肯散去，自我的谴责宛若千斤铁块，压在心头难以呼吸。于是，我开始在路边、在密林里寻找落花，一一拾起聚集在脚边。天上开始飘起了细雨，斑斓的大地变得更加柔软安宁。雨滴打在脸上，似泪珠滚落，我一边寻花，一边细听泪珠打湿花叶的轻响。温存轻柔的夏日微雨是多么恬雅！"我为什么要在这里拾花？"我不禁叩问自己。我深深地凝望大地，陷入冥想，细密的雨珠浸润着我的沉思，慢慢膨胀为透骨的哀伤。往昔的过错如潮袭来,背信、仇恨、傲慢、偏执、狡诈、愤怒及其他种种丑陋之举,那些未曾约束的激情与野心,还有那些如何令人受伤的无礼过往,皆一幕幕如舞台剧般闪现,重演着我过去的荒唐,那历历在目的无数罪过、寡情叫我骇然。此时,心底又浮现了第二个身影,是几天前在树林里偶遇的那个老人,他瘫倒在地,是那样苍老疲倦、孤寂潦倒,他抬眼望了望我,眼底那浓得化不开的忧伤直击我灵魂深处,叫人不寒而栗。我于内心审视着这个倦怠不堪的老人,顿时有种虚弱之感席卷全身,只想躺倒在地。恰好湖边树下的柔软草坪处有一块空地,我便在那歇下了。凝望着茫茫大地与无垠星际,心底无限怅然,我只是这空茫天地间的一个可怜囚徒,不只是我,众人皆然,而在我们眼前的,只有一条晦暗无光的盲道,这条路通往深渊,直指地心。可渡我们往彼岸的,仅此一道,别无他途。"所以,这一切的一切,斑斓多彩的生活、迷人的盛景,所有构筑人类社会的价值观念如家庭、友人、爱人,清新空气里一切如神祇般美丽的事物、童年的故居、熟悉的乡道,皆有灰飞烟灭、归于尘土的一天,噢,还有那天上高悬的明日孤月,人的心灵与眼眸,也都将消逝。"我思量良久,默默祈求那些我伤害过的人的宽恕与谅解。我就这么浑浑噩噩地躺了许久,直到我重新想起那个青春洋溢、朝气迷人的女孩,还有她清澈如水的双眸。我能分明地想象,她少女的朱唇是多么诱人、两颊多么可爱,还有婀娜的柔软身躯是多么动人。我想象着,我如何朝她搭讪,而她又是如何垂下犹疑的眼眸;我想象着,我斗胆问她是否相信我对她的忠贞与深情时,她是如何羞涩婉拒的。当时的境况下她只能远走高飞。也许,那时我还来得及再次向她敞开心扉,倾吐想要让她获得幸福的种种衷情,并最终劝服她留下。但我没有。我放弃了努力,任她离去。"为什么要在这里拾花?难道是为了献奉予我的满腹懊悔?"我再次自问。我起身,花儿自松开的手洋洒一地。夜凉如水,也便只有一片幽暗伴我归家了。

Chapter 14
哈！终于看透你

一个人不相信自己的双眼所见，却紧盯着房门，看它是否关好。房门确实是关着的，毋庸置疑，但他不相信自己的亲眼所见，所以他也不信那门已妥当关好，于是他探出鼻子，深嗅了一下房门，以确认它是否关紧。那门确确实实已关紧。它绝不可能是开着的。它绝对是关紧的。毫无疑问它的确关紧了。怀疑是毫无道理的，但这个不相信自己双眼的人，深深怀疑，这门究竟是否已关好，尽管他能分明地看出，这门确实已紧实地关闭了。这门已不能关得更紧，但他并不相信自己的眼睛，这求证之路仍漫漫无期。他死瞪着房门，并开口发问道："门啊门，你告诉我，你到底关紧了吗？"那门缄默不答，而它也无须作答，因为它已经被妥当关闭了。这门状况良好，但这人并不相信自己的双眸，因此也不相信这门，仍在怀疑着，房门是否已合上。"你到底关没关紧呢？"他再次发问，而这门自然依旧沉默着。难道能强求这门予他回应吗？于是，那疑惑的目光再次投向这扇房门。最终，他领悟到，这门确实关紧了；他终于确信了这一点。他放声大笑，快活地对着门说道："哈！我终于看透你了！"——他对这句感叹颇为自得，满足地忙碌工作去了。这样的人是个傻子吗？毋庸置疑！但他不过是那些怀疑一切的人中的普通一员罢了。

  某次，他写了一封信。在快要书成时，他斜睨了一眼信纸，又一次，他怀疑自己的双眼所见，不敢相信他真的在写信。然而，这信肯定是写了的，这是无可置疑的事实，但是，如同他那次对房门做的那样，他不相信自己的眼睛，于是只能深嗅一下信纸，心底的怀疑达到顶点，这信纸真的有墨迹吗？毫无疑问，笔墨铺满了信纸，这信确实已经快完成了，但他无论如何都不相信自己的眼睛，只得细致谨慎地闻着鼻尖的信纸，并大声问道："信啊信，你快告诉我，我究竟写了你没有？"信件自然不会作答。什么时候信件能开口讲话了？这信已经完美地写好了，通俗易懂，字迹工整，句号、逗号、问好、感叹号皆一一到位，就连字母 i 上面的那一点都未有疏漏。但是，这位亲笔写就这封信的人，这个不相信自己双眼的人，就是无法说服自己相信这一切，于是他只能再次开口问道:"信,你究竟完成了吗?"自然又是一片沉默。那人将纸倾斜了摆放,又细察了一遍。这个蠢钝无比的人终于确定,他确实写了这封信。他开怀大笑,烂漫如稚子,满心欢喜地搓着手,再将信纸整齐叠好,装进得体的信封中,最后说道:"哈!我终于看透你了!"对这一佳句,他自得不已。随后,重新投入日常工作之中。他是个愚笨之人吗?确实。但他只不过是不相信任何事物,只不过是无法从懊悔、悲痛和自我怀疑的阴影中坦然走出来,只不过是——正如我先前所言——怀疑一切罢了。

还有一次,他想喝放在眼前的红酒,但他却不敢伸手拿起杯子,因为他又一次怀疑自己的双眼。那儿无疑放着一杯红酒。毋庸置疑,无论从哪个角度看,那杯红酒就安然地放置在那儿,所以这怀疑显然是愚蠢至极。任何正常人都能立刻领会到那杯红酒的存在,但他不行,他不相信自己的眼睛,同样不相信那杯红酒的存在,于是,他盯着那杯红酒盯了整整半个小时,又在它周围嗅了嗅,正如他对信纸做的那样,他开口问道:"红酒啊红酒,你快告诉我,你真的在这儿吗?"这问题实在多余,那杯酒就好好地放在那儿,这是铁一般的事实。对于这个愚蠢的问题,红酒自然无可回应。那杯红酒缄默着没有开口,它就在那儿,等待着某人将它一饮而尽,这事实胜过一切雄辩。这杯上好的红酒被他上上下下闻了个彻底,如同那页信笺,而后又被审视的目光前前后后扫了个遍,如同那扇房门。"你究竟在没在那儿?"他又问了一次,而又一次只有沉默回应。"你就把它喝了,尝一尝,然后你就能感受到它是否真实存在了,如此一来,它是否在那儿这个问题也就不会困扰你了。"需要有人在这个不相信自己双眼的人耳畔吼上这么一句,他不能只是目露犹疑地盯着这杯酒,他得用嘴唇去触碰它。离他成功说服自己仍遥遥无期。他从细节处更加细致地考察了这个酒杯,似乎参悟了什么,最后终于相信,他眼皮子底下真的放有一杯红酒。"哈!我终于看透你了!"说着,他像个小孩一样灿烂地笑了。他开心地搓了搓手,舔了舔嘴唇,沉浸在自己的傻乐中,抬手响亮地拍了下脑袋,小心端起酒杯,一饮而尽。他满足地投入日常中了。这个人是个彻头彻尾的傻瓜吗?答案无可置疑。但他只不过是不相信自己的双耳或眼眸,只不过是过于审慎小心而无一刻能够冷静下来,只不过是不将事情办置妥帖便不得安宁。是的,他确实是个傻瓜,一个追求规矩和守时的傻瓜,一个追求准确性与精密度的傻瓜,一个需要被送入思想缺失学校的傻瓜,一个——上天作证!我已经说过的——怀疑一切的傻瓜。

Chapter 15

一无所有

一位有些心不在焉的妇人前往集市为她和她丈夫的晚餐选购食材。当然了,很多家庭妇女都会在外出购物时有稍许心不在焉。所以,接下来的这则故事绝非闻所未闻,但我还是得接着讲下去,方才讲到,这位妇人正前往集市为她和她丈夫的晚餐选购食材——一些上佳的食材,正是这个缘故,她有些心不在焉。她翻来覆去地思忖着,有什么菜品佳肴可以采购,但正如我所述,她的心思并未全部放在这件事上,她有些心不在焉,所以她思考不出个所以然来,尚不清楚自己到底想要什么。"天色已晚,时间不多了,我得找些容易做的菜。"她暗忖着。天哪!你知道的,她有稍许心不在焉,并未将心思都放在这件事上。公正客观无疑是好的,但这位妇人并无格外客观,她只是有些心绪不宁、心不在焉。她想了又想,依然一无所获。具备拍板定论的能力显然是好事,但这位妇人显然不具备这项能力。她想给自己和丈夫买点真正美味的食材做晚饭，因此，她来到集市，但她至今仍两手空空；不知怎的，她就是毫无收获。她继续冥思苦想。她不缺乏好意，她确实不缺乏良好的意图，她只是有些心不在焉，未将全部心思放在这件事情上，所以她一无所获。心不在焉并不是好事。总之，最后她厌烦了苦思无果，便两手空空地回家了。

"你给我买了什么美味又高质、精致又健康、价格合理又显露智慧的好东西作晚餐呀？"望见美丽动人的妻子回了家，丈夫忙不迭问道。

妻子应道："我什么都没买。"

"为什么？"丈夫问道。

她说："我想了又想，但还是想不出个所以然来，真是太难决定要买什么东西了。而且天色已晚，时间又不多了，我也不是没有好的想法，但我没有将心思都放在这上面。亲爱的，你相信我，没办法集中心力真是太糟糕了。我只是有些心不在焉而已，但就因为这个，我两手空空地回家了。我去到集市，就是为了买些真正好吃的东西给咱俩当晚饭，我想法是好的，但我在那儿翻来覆去地想，可就是无法痛下决定，我的心思不在这件事上，于是我进展不顺利，什么都没买到。就今天这一次，即便一无所有我们也要心满意足地面对眼下的境况，好吗？什么食材都没有准备起来最快了，而且无论如何都不会引起消化不良。你应该不会生我气吧？我不相信你会为了这个生我气。"

于是，仅此一次，抑或是换换口味，当晚他们无任何食材可供进餐，而这位诚实的好老公也完全没有恼怒，他太过有骑士精神、太过彬彬有礼、太过行为端正了。他竟从不曾露出过凶相，他实在太过有教养了。而一个称职的丈夫绝不是如此行事的。于是，当晚他们只吃了空气，而且双方都很满意，因为它尝起来竟还不错。这位好老公认为，太太这个转换口味的意见相当诱人，同时，他坚持认为，这是一个讨喜的妙计，他装作欣喜不已，隐藏了他对一顿有营养、有实物的晚餐——比如一碗丰盛的苹果糊——的渴求。

于他而言，无论是什么，都胜过一无所有。

Chapter 16
基纳斯特

基纳斯特是一个对所有事物都不感兴趣的男子。自孩提时起,他就令双亲失望不已,长大后,成了芸芸众生中平平无奇的一员。你哪个时候找他聊天都可以,反正无论何时,你都从他嘴里听不到什么好话。他总是愤愤不平,从而常做出些叫人反感的行为。像基纳斯特这样的人大概是觉得,对人和善有礼是要遭天打雷劈的——但他不怕,因为他既不友善,也不谦恭。他对任何事情都兴致缺缺。"废话。"他嘟囔着——这就是对一切想得到他注意的事情的态度。"很抱歉,但我真的没空。"他不耐地含糊着——若有人找他办事,这就是他的习惯性回应,而只有极易受骗的蠢蛋才会有求于基纳斯特。大家对基纳斯特的期待并没有多高,毕竟在他身上难以找到一丝体贴周到。他从没有好奇心。若基纳斯特做了某件好事,比如一件令众人受益的好事,事后他也只会冷淡地回应一句:"再会。"

而这句话的潜台词是,"别来烦我"。只有私利能勾起他的兴致,他只关注他那至高无上的私人利益,其他的他一概视若无物。若有人对他寄予自动自觉或自愿牺牲的期望,他准会嗤之以鼻道:"我想知道,那然后呢?"他的言外之意是:"请你发发善心,别拿这种事来烦我了。"他也有可能这么说:"你代我做一下吧,我会感激你的。"或者只是简单一句"晚安"。社区聚会、教堂活动、国家大事,他一视同仁,皆不关心。在他看来,社会聚会的组织者就是一帮蠢蛋,而去教堂做礼拜的人都是胆小鬼,至于那些爱国者,他更是完全无法理解。亲爱的读者们,你们都是在爱国主义的熏陶下长大成人的,请你们告诉我,你们觉得该拿基纳斯特这一类人怎么办才好?将他们痛揍一顿岂不快哉?想必他们应该不会永远无动于衷。某一天,有人上门拜访基纳斯特,这人显然不是个善茬,随便一句"你好""晚安""然后呢?""抱歉,我现在没空"或"别来烦我"可没办法打发走他。"来,我有点活需要你帮我干。"陌生人如是说。"你这个人可真有趣,你觉得我有时间浪费在你的事情上面?我时间有限,可宝贵着呢。你代我做一下吧,我会很感激你的。抱歉,我现在实在没空。好了,就这么着吧,晚安。"基纳斯特本想如此搪塞过去,但他正想开口,突然一阵心悸,脸色死一般地灰白，他就要与世长辞，那些话也再无缘说出口了——死神降临了，一切挣扎皆是徒劳。死神动作迅速，他的那些"废话""晚安""你好"已然毫无作用，带着他的轻蔑与冷淡，自此宣告终结。哦，天啊，这就走完一生了吗？怎能如此毫无生气、毫无信仰地活着？生而为人却毫无人性！若我们过着如基纳斯特一样的生活，到我们离别的那天，难道会有人在灵前为我们的逝去哀恸悲泣？抑或反而欣喜不已？

Chapter 17
诗人

有人问起，画家或小说家们是如何糊口度日的，这个问题我可以作答，也必须作答：他们是落伍之人，时常捉襟见肘。

若还追问：有没有例外呢？我的回应是：有。当然有例外，据我所知，许多住在乡村农舍的作家，除了本职工作，他们还做些赚钱的其他买卖，比如贩卖牲畜、牛奶和牧草等等。当夜幕终于降临，他们便安坐在灯下，将灵感宣泄于纸上，或是亲自奋笔疾书，或是口述给妻子由她记录，或是直接使用打字机。就这样，一个个章节书就而成，实是激动人心，慢慢地逐渐丰满，集合成册，最后，若幸运女神眷顾，便能出版投放市场了。

如果这人又问：作家们的处所一般是怎样的？答案很简单：作家大多喜欢住在阁楼，在高处可将周围景色尽收眼底，尽享世上最广阔自由的风光。而且，众所周知，作家都较为享受独立且无拘无束的生活。最后一点，希望他们都能尽可能地按时交租。

我的经验告诉我，如史诗戏剧般感情充沛的诗人们极少在房内使用暖气。"若你在夏天汗如雨下，那么，到了冬天你就该换换口味，体验一番寒意蚀骨的滋味。"他们如是说，于是，他们天赋异禀地不断调整自己以适应酷暑寒冬。坐下写作时，如果他们的腿脚双手冻得僵硬，他们也只能在十指尖轻呵热气，予一点仅有的温热，或者，若想活动活动久坐的关节，他们也会起身来回扭扭腰，渐渐地身上也便暖了一些。而且，身体运动也有利于活跃因工作过久而稍许迟缓的思维。总的来说，若无灼热的火炉，创作的能量、绝妙的点子、活跃的思考以及炽烈而诗意的决心也都是它完美的代替品。

我认识一个诗人，能写出世上最优美迷人的诗篇。他曾有一段时日借宿在一位女士家里的厕所间——讲到这里你可能就会问了：这位女士冲澡时，这个诗人是否得体地及时退下了？

事实上，这位屈居于厕所的诗人，他自觉非常舒适，还卑微而浪漫地用旧外套、破布棉絮和地毯碎片将这安居的一隅装饰一新，并且他坚称，自己居住的是阿拉伯风格的房间。哈，这位女主人可真是善良风雅，叫人振奋呀！

我们深信，作家的擦鞋功夫丝毫不比那些发布法律，至少是起草法律的议员们差。曾有一位议员向我吐露，他清洗、保养和擦拭鞋子的技巧和他的太太一样好，他常干这活，而且也喜欢干这活。如果连首屈一指的议员都对擦鞋毫无迟疑，那么贡献最末的作家们自然也就没什么顾虑了，况且，它不仅实用，还能镇静心神。

又有问题抛来：作家们懂得如何扫除蜘蛛网吗？这个问题无须细致费时的调查，我便能愉悦而肯定地作答。他们扫荡蜘蛛网之灵活敏捷，与最贤惠的家庭主妇比起来都毫不逊色；在这项拆毁天才建筑的举动中，他们显露出了无比的简单粗暴，甚至邪恶地享受着毁灭的快感，觉得能振奋精神。

真正的诗人皆微渺如尘土，因为他们本身就已湮没在尘土里。众所周知，最伟大的诗人往往置身于夺人心魄的遗忘洪流之中。经典就如深藏地窖的老酒，只有在最恰如其分的时机与场合开封，才可得见辉煌荣耀的光芒。

Chapter 18
维尔克夫人

一天，我想找个合适的房间，寻至城外电车轨道附近的一座大宅，它的外观一下便吸引了我的眼球，典雅古朴，却又似乎疏于照拂已久。

我缓缓登上明亮宽大的台阶，风中似还能嗅到当日的风雅气息。

所谓的往昔之美在有些人眼中堪称动人心魄。断壁残垣令人动容，在高贵事物的废墟跟前，心底那根柔软哀愁的弦总能被轻易撩拨，叫人情不自禁地垂头鞠躬，凝望着过往卓著辉煌之物，怜悯悲切油然而生，同时又肃然起敬。已然老朽的往日时光呀，你可真迷人至极！

门上的出租铭牌写着"维尔克夫人"。

我轻柔有礼地按了门铃，但久无人应，我这才意识到这门铃应是坏了，于是我抬手敲门，很快就有脚步声传来。

大门谨慎地开出一条门缝，一个枯瘦高挑的妇人探出头来，低着嗓子问道："你干什么的？"

她的声线里透着一种古怪的干裂嘶哑。

"我可以参观一下房间吗？"

"当然了，没问题，请进。"

妇人将我引进门，穿过一条晦暗的走廊，来到房间门口，它的迷人外观旋即令我雀跃不已。整个房间娴雅高贵，虽有些狭小，但胜在比例规整。我毫不迟疑地开口询价，万幸价格非常公道，我当即租下房间，也省去了许多麻烦。

我非常开心，因为过去这些日子，我深受刁钻情绪的折磨，现在已疲惫万分，只想好好休息。我厌倦了摸黑前行，心情无比压抑，任何一点微小的安全感都能叫我心满意足，对于眼下的我，没有比这一方安谧的小小天地更温馨的存在了。

"你是做什么的？"那位夫人问道。

"诗人！"我应道。

她缄默着扭头离去了。

我遐想着，也许这里居住着一位伯爵。我边细致地探询着我的新家，边喃喃自语。这个迷人的小房间——伴着独白，巡视开始了——无疑有着一个巨大的优点：它位于大宅的冷僻之处,清静如无人叨扰的原始洞穴,而我便似一个隐居的修士。在这儿,似乎我所有的渴望都得到了满足。在我看来,这房间有稍许昏暗,日升月落,光线明灭不定。让我们出去转一转吧!不,先生,你的脚步无须如此急切,别急着出去,有的是时间。墙上的墙纸已斑驳成碎片,令人叹惋。实际上!这正正是我兴奋之处,因为我着实对经岁月打磨的古旧之物醉心不已。就让这些碎片继续在墙上随风轻晃吧,无论付出多大代价,我都不会让人将它们清扫掉。我颇为相信,曾有一位伯爵在此定居,偶尔连同三五好友在此享用香槟。窗边的幕帘纤纤坠地,蒙上了一层时光的灰尘,但丝毫无损那些垂褶的高雅精致。窗外的花园里矗立着一棵桦树,夏日艳阳里,绿意蔓延,弥散满屋,鸟儿在柔软的枝丫上啼唱,连我的心情也不禁轻快了起来。这个书桌古雅厚重,肯定是自某个绝顶聪明之人手里流传下来的。若有机会,我也得在这书桌上写篇散记、讲个或长或短的故事,或是钻研些学问,书成后快马加鞭地邮递给那些名声卓越的严厉编辑,恳请其审阅,而后出版,由此,成功已然近在咫尺。

　　床铺看起来很是软和,也免去了仔细检查的麻烦。随后,我的目光落在一个帽架上,其外观着实诡异;水池边挂着一面镜子，如实映衬出我的皮相，多希望是丰神俊朗的少年模样！卧榻显然已有些年头，正是我的心头所好，若是崭新家具，反而格格不入。墙上分别挂着一幅荷兰风景画和一幅瑞士风景画，尺寸恰好，甚是迷人。毋庸置疑，我的目光肯定会常常流连于这两幅美景。我相当肯定，这里绝无通风设备，但这小室里的空气我认为还算得上可靠；我同敢断言，这地方有一股腐朽之气，但这陈腐弥散的空气为我倾注了无限的欢忻。总之，我会日夜将窗户打开，这样，清新空气便能源源不断地漫涌入内了。

"你必须得早起，我不准你在床上待这么长时间。"维尔克夫人对我叮嘱道。除此之外，她没再念叨什么了。

这是因为我整天整夜都在床上卧躺。

我境况并不好，衰朽缠身，瘫卧在床，心中似坠千斤。我既不知晓如今身在何方，亦寻不到来时的路。曾经透彻明晰、令人怡悦的想法眼下皆成浮云，再难捉摸。我的精神世界在我眼前坍塌成碎末，思绪感受一片混沌，心如死灰，只剩空茫绝望，再无灵魂，再无喜悦。朦胧间，我似乎还能模糊忆起一些过往的碎片，那时的我心怀信仰，勇往直前，无忧无虑。而今，回望四周，已无前路可期。

但我答应了维尔克夫人要早起，而我也得开始努力工作了。

我常在附近的冷杉林散步，它优美而清冷，有孤高之气，这似乎也抵挡了绝望对我的攻击。有一个难以言喻的神圣声音自树梢顶端传来："你绝不能就此认为，世间万物皆为冷酷的伪善。像这片森林，它就很欢迎你的造访，在它的陪伴下，你会重新寻回久违的健康与振奋的精神，那些美好高尚的念头自然也就回来了。"

那个光怪陆离的大千世界，我似乎从未真正踏足过。我不曾功成名就，因此在那里也无工作或产业。

可怜的维尔克夫人，不久你便要与世长辞了。

尝过贫穷与孤独的滋味的人总能更好地理解那些正置身相同处境的人。虽然我们无力改变他们的悲惨境况，无力阻止死亡降临，但至少，我们曾试着去感同身受。

有一天，维尔克夫人环抱着我，呢喃道："你握一握我的手，冷得像冰。"

我攥紧她枯瘦的手，确实冷硬如冰。

维尔克夫人如幽灵般在她的屋子蹒跚踱步。无人造访，她只能整日独自呆坐在她那个没有暖气的房间里。

独处时分，惊惧肆意蔓延，如冰冷漠，如铁强硬，似初尝坟墓的阴森，似先演死亡的残酷。噢，领尝过寂寥滋味的人再不会觉得，他人的孤单是种奇怪的情绪了。

我惊觉，维尔克夫人已经断粮了。大宅的女主人自然是怜悯维尔克夫人独孤无依的处境的，所以她每天会供给维尔克夫人两顿肉汤，但慢慢地这供应断了，维尔克夫人也就此日薄西山。她瘫倒在床，再难移一步；很快她便被送往医院，三天后，她就去世了。

不久后的一个日暮，我走进她那空荡荡的房间，那时晚霞辉映，给这小屋内的物件披上了一层玫瑰金色的柔光，着实沁人心脾。床上还摆放着她最近穿过的衣物：她的长裙、帽子、遮阳伞，还有地上的小巧短靴。看着这些稍显陌生的物件，我说不出地难过。我是个容易钻牛角尖的人，此情此景不禁让我觉得，我已在心底死去；在这濒临崩溃的边缘，生活里的所有斑斓美好在我眼里皆瘠薄如纸。我长久地凝望着维尔克夫人的这些所谓财产，如今它们已无主人，也失去了存在的意义。夕阳的金色晖光漏过窗檐，洒落一地，我就在这光华里默然呆立，此刻，我已读不懂这世界。就这么站了良久，心湖终归平静，竟还有些畅快之意。生活，它紧攥住我的胳膊，与我四目相交。我平静地离开了房间，往森林走去。

Chapter 19
街道（1）

我采取了一些措施，但一如既往地无用，于是，我来到街上，心底焦虑而麻木。起先，我仿佛成了盲人，还以为大家都和我一样再看不见彼此，生活也变得静如死水，每个人都在迷茫摸索。

因为我精神高度紧张，所以在感受事物时，我比常人多了几分锐利。眼前幻象蔓延，我冷漠以对；头颅衣裳朝我拥挤而来，又如幽灵般消失无踪。

我不禁一阵战栗，再无法往前行进。一个又一个的模糊意象紧攥住我。我摇摇欲坠，所有的一切都摇摇欲坠。行走的芸芸众生一刻不停地盘算着生意买卖。一刻钟前，我也在考量着某个目标；现在，计划落空；但我又在寻觅下一个目标了，希望我能有所斩获。

人群涌动，激情澎湃。所有人都自觉出类拔萃。男男女女随波逐流，似乎所有人都在朝着同一个目的地进发。他们来自何处？又去往何方？

他是这个，另一个人是那个，再来一个便一无是处了。许多人活得浑浑噩噩，毫无目标，随俗浮沉。高尚的品德被搁置一旁，无人问津；智慧才赋在晦暗虚空里跌撞摸索；精良的园丁只能培育出歪瓜裂枣。

夜幕降临，整个街道宛若幽灵幻影。每天成千上万人从这里走过，早晨时神采奕奕，日暮时已倦容尽显，却往往一事无成。空有行动，但现实的结果却叫人恼怒，如此往复，永无止境。

我沿着街道慢走，不经意间撞上了一个贵族的马车夫的目光。然后我跳上了巴士，一路往前，随意下车找了家餐馆果腹，之后又重新上路。人潮熙攘，人与人之间的相互理解似被当作理所应当，每个人都能瞬间掌握彼此的一切动态，然而，却看不透内心。心灵总在自我翻新。

车轮仍在滚滚向前，发出大声的噪音，但整个场景却奇异般地静止了。

我想找个人交谈，却苦无时间；想寻几个固有的意义，却一无所获。在不停往前的滚滚洪流中，我盼望着停下脚步。这股洪流太过浩大、太过匆忙，它向前奔流，又不断蒸发。每个人不断地从彼此的生命里谢幕退出。

倏忽间，我仓促中看到了某个无法形容的笨重之物，我告诫自己："这团杂乱无章之物既无所求，亦无所为。它们彼此纠缠，举步维艰，犹如囚徒；它们自甘沉陷于无形重压，却未曾想过，那股压在它们身体和心灵上的力量恰恰是来自于它们自身。"

我自一位妇人身旁路过，她的眼神对我说道："跟我来吧，从旋涡里脱身，将那繁杂抛之脑后，去追随那个令你强大的人吧。若你效忠于我，你将获得无限财富；若继续留在这里，你就一事无成。"

我想感应她的号召，但人流将我席卷开去。这街道着实太过拥挤。

随后我来到空旷的野外，万籁俱静。开着红窗户的列车自一旁呼啸而过，远方车流如浪潮般从不停歇的轰响微微传来，钻入耳中。

我沿着森林的边缘漫步，暗自呢喃着布伦塔诺的诗句。月华自林梢间倾漏而下。

突然，我瞥见前方不远处站着一个静止不动的男人，显然他也注意到我了。

我绕着他四处走动,视线寸步不离地落在他身上,这惹恼了他,于是他朝我吼道:"你为什么不干脆走近一些、好好地看我一眼?我和你想象中的可大不一样。"

我朝他走去。除了看起来有稍许古怪,他也同常人没什么两样。于是,我又回头重新朝那灯火通明的街道走去了。

Chapter 20
雪滴花

我正在写信，信里讲到，不管经历的苦痛煎熬几何，我终于完成了整本小说的写作，此刻厚厚的一叠原稿就静躺在抽屉里，只等着装订完备，便立马投递出去。而且，我还买了一顶新礼帽，目前只在周日或有贵客时才派上用场。

近日，一位牧师登门拜访。他全不似专业的牧师，但在我眼里却格外亲和。他同我聊起一位热情洋溢、天资聪颖的教师，我打算不久之后便徒步穿过春日的野外，去拜候这位课余也写诗的乡村教师。在我看来，作为一名教师，关注更高层次的事物，追求更深层次的经历，这是最自然不过、也最美好不过的事情了。不过由于他的职业，他还得同某些严肃的课题打交道：同众多的灵魂！我不由得想起了让·保尔的著作《武茨》，我爱极了这本书，总是满心愉悦地将它翻来覆去，读了再读。重点是，眼下春天才初初降临，因此，我还有时间四处奔忙，写下一首关于春日的隽永诗篇。此刻，无热气逼人，厚重的外套也已履行完任务，完美退场。每个人都对终于可以除下外套这件事欣喜不已，谢天谢地，好在还有一件事是众人一致毫无异议、欣然赞同的。

我看到了雪滴花，在花园里，在赶集的农妇的车篮里。我想向她求购一束，但转念一想，又觉得我一个五大三粗的大男人着实与那柔嫩之物极不相配。它们是那样恬淡，是人人倾心的春天的先遣者。春天就要来了，思及此，无人不开怀。

它是一幕无须费用即可上演的民间戏剧。自然，我们头顶的天空，它总是如此友善地呵护着我们，掩起老朽的瑕疵，无差别地为世人呈现清新高雅之美。雪滴花呀，你究竟想向我们诉说些什么？它们留有冬的气息，也传达着春日的问候；它们诉说着过去，也别致愉悦地憧憬着未来；它们既显露寒意，也传递温暖；它们覆着雪痕，也吐露朝气蓬勃的绿意。它们倾诉着：阴影里、山谷里都还积有厚雪，而日光倾泻之处，冬雪已开始消融。方才四月，白霜犹存，但我们的渴望终将实现，温暖终将漫布。

雪滴花悄声吐露着自然的秘密，它将白雪公主带回我们的记忆之中，令我们想起与它迥然不同的妖艳玫瑰。事物无时不在提醒我们其对立面的存在。

耐心等候吧,美好终会到来,它与我们的距离要比我们想象中的贴近、亲密。耐心等待,玫瑰自来——近来,每每看见雪滴花,总会忆起这句古老的谚语。

Chapter 21
冬季

每至冬季，便有茫茫雾起，漫步其中，不免轻颤。暖阳偶尔才情愿倾漏其光辉，沐浴其中有得获救赎之感，仿佛跟前站了一个曼妙高雅的女子。

冬季擅长撒播寒意。壁炉燃起暖焰，厚衣裹身，皮草顿显其珍贵，人人渴望炎火取暖。此时虽再难觅绿意，但却有晶莹冰凌在流水湖泊里欣怡浮荡。若此时落雪，雪球恶战必然一触即发，不过这是小孩们的消遣了，大人们更喜欢叼着雪茄坐在桌旁玩牌，或开始一场严肃的对话。顺便一提，滑雪橇也是许多人钟爱的冬季娱乐。

冬季里也有阳光和煦的日子。走在结冰的土地上，脚步声清脆作响，若覆有一层软绵的白雪，则宛如行走在地毯上。白雪皑皑的景色自有其独特的美感，极富节日气息，仿佛某场盛典的布景。圣诞期间，孩子们最是欢腾了，圣诞树闪亮生辉，装点满屋子的蜡烛散发着虔诚而柔美的光芒。多么迷人!

　　冷杉枝丫上挂满了美味餐点,巧克力天使、糖果香肠、巴塞尔小饼干、裹着银箔的核桃、嫩红的苹果,琳琅满目。家人们就在这圣诞树下欢聚,孩子们吟唱着早已烂熟于心的颂歌,家长们则忙着展示礼物,嘴里还不忘对他们念叨着"收了礼物就要做个乖小孩哦",然后相拥轻吻,也许,在这温馨美好的气氛里,还会挥洒几滴泪水,颤抖着声音彼此道谢。他们也不清楚这节日传统究竟从何而来,但其间的欢欣快乐却是清晰分明的。看看在这寒冬里,爱是如何闪耀光辉,明媚的笑容、灼心的暖意和忽闪的柔情是如何像潮水般将我们包围。

　　雪花并不是飞速坠下的,而是以其特有的曼妙,一片一片洋洋洒落。它们四处飘飞,落在巴黎,落在莫斯科——那个拿破仑开始撤退的城市。伦敦也下雪,在那里,莎士比亚写下了《冬天的故事》,一个庄严与欢愉兼有的剧本,一个久别重逢的故事。

　　落雪难道不是迷人的盛景吗?间或伫立雪中并无大碍,几年前,我曾在柏林的弗里德里希大街亲历了一场雪暴,至今仍历历在目。

　　最近我做了一个梦,梦见我坐在一片晶透微薄如玻璃的冰块上，乘风飞翔，起伏若波涛。冰的下面，春花正烂漫盛放。我晃悠着漂浮在空中，怡然自得。湖中的小岛上矗立着一座寺庙，后来飞近了才发现，原来是一家酒馆。我走进去，点了蛋糕咖啡，饱腹之后又抽了根烟。当我离开酒馆，想再次乘风而起时，那镜子般的寒冰竟然破碎成末，我坠入繁花深处，它们给了我一个热烈的拥抱。

春天总是紧跟着冬季的步伐来到我们身边，真是太美妙了！

Chapter 22
母猫头鹰

一只母猫头鹰站在断墙上喃喃自语：可真是叫人骇然的存在！换成别人也许会惊愕悲伤，但我不同，我很能忍。我垂下眼眸，蜷成一团。我内在的和外表的一切纠缠成团，如灰色面纱般垂落在地，但在我之上，仍有星辰闪烁；这个认知如盔甲般守护着我。丰茂羽毛披覆全身，在白日休憩，在夜里醒来；我无须揽镜自照也知道自己的相貌——直觉告诉我的。我轻易便能描摹出我那张奇异的脸庞。

人们总说我很丑。若他们能看到我心底的那抹笑颜，想必也不至于一见我便扭头就逃。然而，他们不愿望进我的心里，他们将目光落于我的身体、我的衣裳，而后便停了。我也有过年轻貌美的年华——这句话听起来仿佛我正缅怀过去，但这并不是我的本意。这只母猫头鹰也是一路风雨才坚持至今日，足以从容面对岁月的流逝变迁。她只着眼当下。

他们对我说:"哲理呀。"对于母猫头鹰来说,死亡早已不是什么新鲜话题。看起来我似是一位极有涵养的女士,有个人对我有些意思,三天两头登门造访。他说,与我相处十分融洽;他还告诉我,我从不曾令他失望。当然了,我也从未令他着迷。他自认对我了解透彻,常轻抚我的翅膀,还给我带糖果,他深信,如此这般便能取悦我这个世上最严肃的女人。我在读一首诗,诗中的灵巧妙计加深了我对他的了解。他行事捉摸不定,却又带了少许甜蜜浪漫——这不正巧与我十分合称吗?我也曾楚楚动人,在蓝天下调笑聊天,吸引众多男士回首注目;如今,世事变迁,我脚上的鞋子都磨出洞来了,我已是风中之烛,我就这么呆坐在这里,半晌无言。

Chapter 23
敲击声

我败了,彻底败了。真是头疼。

昨天、前天、大前天,房东天天把地板敲得震天响。

"请问可以冒昧问一句,您在敲打些什么吗?"我问道。

我怯懦的提问被他一口回绝:"你讲话可真做作。"

如此精妙的问题却被认为是鲁莽无礼。

人就该学会喧哗吵闹。

敲打撞击可真真是件乐事。敲击者是听不见敲击声的,或者说,他们听到了,但并不会心生烦扰,相反,每声重击都能给始作俑者带来一份愉悦。这是我亲身经历所得。鼓噪喧哗可令一个人深觉自己又勇猛了几分。

敲击声又一次如约而至。

显然,他是击打在地毯上的。对于这些天天锻炼又不致损伤的人,我着实嫉妒。

有一次，一个老师把几个学生轮流摁在膝盖上，狠狠地打了几下屁股，为了叫他们深刻认识到，只有大人才能去酒吧。我便是那几个学生中的一个，被打得挺狠，却也受益匪浅。

想往墙上挂画，就得钉上几颗钉子，为此，敲敲打打在所难免。

"你的敲撞声吵到我了。"

"关我什么事？"

"好好好，那我就自己想办法消气吧。"

"挺好的。"

真是彬彬有礼的对话，不是吗？

这吵闹的敲打声！我真想把耳朵堵上！

我曾作为仆人，为伯爵家的波斯地毯扫尘掸灰，那声音在绝美的盛景里回响缭绕。

衣服、床褥，诸如此类，敲打声规律地轰响着。

现代城市里敲打声无所不在，为避无可避之事恼怒愤懑似乎是傻子才会干的事情。

"继续吧，你想怎么敲就怎么敲。"

"你是在讽刺我吗？"

"是，是有点儿在讽刺你。"

Chapter 24
提多

提多叙述道,你把"我母亲是个公主""土匪绑架我,不过是为了把我变成他们中的一员"诸如此类的话挂在嘴边,听起来难道不像纯粹的炫耀吗?我回应道,不过是些闲话罢了,免得你一开始就对我感到厌烦。若有人问起我的出生地,我笃言是戈斯拉尔,尽管这只是个生动的谎言。我从未感受过母亲的宠溺,那滋味我向往已久。前些日子,我从书里读到,披上春衣的戈斯拉尔尤其迷人,因我是个轻易便倾注信任的人,于是我立刻接受了这个说法。和那些强盗一起生活的日子里,我不仅熟稔了浣衣煮饭,更是学会了弹奏肖邦的曲子,不过我恳请您不要对这一陈述太过当真。在这里,我整日耽于幻想之境,但诗人不就应如此吗?插上想象的羽翼于天地自由驰骋,就如音乐家就该在琴键上忘情曼舞。身为上尉,我有一名随身伺候的仆人。我来到一座城市,寻遍大街小巷为觅得一份合适的工作，并在某个家庭处落脚后获得膳宿，夫妻二人待我颇为和善宽厚，我教他们的两个儿子卷烟的艺术，还在一位年轻女郎的陪伴下学习英语。她是一名服务员，同为房客，体态纤长，常面露苍白，宛若一朵失去光泽的浪漫玫瑰，眼神里有善良的光芒；她令我展颜，尽管我并不十分清楚快乐的意义。第三位租户是个寡妇，跟我打得火热，惹得房主连连抱怨，说在他的寓所里绝不允许这样的轻佻调情，但要恢复平静宁和可不是件易事，为此我开始写作。我往东去到一个繁华的商业区，在一家酒吧里邂逅了一位身着黄衣的黑眼女郎——初听这番说辞仿佛是我忆起了某些暗藏心底的记忆，而又有少许多愁善感了，然而事实是，似我如此平庸之人，生命中大部分时间经历的，只有擦肩而过；而我唯一不平凡的，大概是我花了很长时间才意识到这一事实，并为之欣然。年月如梭，但我没有徐徐老去，反而越发年轻。我变得更加迟钝，且以此为傲。我心胸狭隘且自视甚高，坚持不懈地捏高我的鼻梁，以完美我的迷人鼻型，长年累月向上帝祷告，恳求他赐予我孩童般的面容，并最终如愿。我的心犹如长蛇的巢穴，因此每当我抬眼流露恳求神情，人们总以为我是温驯之人，其实，这剖断与事实可真是相去甚远！不怀好意撒下谎言的人多已无可救药地丢失了自我，而诚实正直却难以获得尊敬。我必须得坦白，在我心底藏有一份爱恋，它虽时不时令我心烦意乱，却也给予了我翱翔的羽翼。为阐扬诗歌，我应合作公司之邀创作一首新诗，于是我脚步匆忙地奔波于各咖啡馆之间，而每次皆能偶逢一些女士，肯屈尊降贵让我倾诉仰慕之情，自那时起，我便成了最苍白同时亦是最红润的热衷者。遗憾的是，蕴藏着大智慧的情歌已谱成收入旧书册；但若我能借由服务专用入口溜进文学的殿堂，予人们欢欣鼓舞，那亦是乐事一桩！昨日，我去到乡村，目之所及皆覆上了一层早春特有的金黄色泽，我不禁脱帽向自然母亲致以崇高的敬意，而后瘫坐在长凳上放声大哭。根据我以往的经验，在重获新生的诸多繁复手段中，眼泪可谓重要交汇点。人们不会放任指甲生长，对于婚姻，则费尽心思只为永不凋敝；而发丝也需每周清洗。浪花在我脚下自顾荡漾；穿过群峰绵延的溪谷，一抹平静投影在那位依旧善良的男子的脸庞上，经年流转，万幸他仍未被生活的污浊侵蚀。无论是陈腐朽气，抑或是青春烂漫，皆有其美妙之处。请允许我在此费些笔墨，歌咏一番那脉随着岩石蜿蜒而下的溪流，在阳光下曼舞轻笑，飞溅于石块上，闪耀碎银的光芒，典雅优美，一往无前地流徙，直至无垠大海，在几千英寻的深海里，无恶意的巨兽十年如一日地绕着湿腻隐蔽的海底巨树环游，奢华游轮零星装点着海面。而我也该提一提那草甸上的柔软阴翳、斜坡上的小巧屋舍和躺在阴影里的年轻人。若诸位读者已无趣得打了哈欠，那就太糟糕了！怀揣着希冀的灵魂，圆睁着渴望的双眼，我走进一座安谧的花园，落日洒下夕晖，管弦乐队奏起悲鸣的乐曲，此时我的举止必定相当怪诞，因为在我眼前，有一个女孩，由于因乐声而起的恻隐如刀锋般尖利刺骨，竟倒下当场昏厥了；不认为此乃信口雌黄的人，余生必定美满。我由着那些走近我的人构筑他们心中友情该有的状貌，但无论如何他们都不会被我烦扰，因为我对他们并没有丝毫关心。许多人轻率地认定我为未开化的不文明之人。我最钟爱的是她那样美丽，我怀揣圣洁的尊敬仰慕着她，于是，我转投入他人的怀抱，把握机会自无眠长夜的负担里痊愈，然后向这位继任者款款描述她的美好，最后再对她说一句，"我也同样深爱着你"。

Chapter 25
弗拉基米尔

我们该称呼他为弗拉基米尔,因为这是个不寻常的名字,正如他本人。他会在某些人面前显露愚笨的一面,而那些人总想赢得他的回眸一瞥,或从他嘴里得到只言片语,但他从来不叫他们如愿。比起穿着华裳的时刻,他在身穿卑劣衣物时举止更为乐观自信,大体只会犯些小错,但人们却误将这些过错归咎到他莫须有的缺点上面。他对自己甚是苛刻,这岂非不可饶恕之事?

从前,他同一对已婚夫妇同住,仿佛就在那儿扎了根,赶也赶不走。"是时候给我们一点独处的时间了。"这是抛给他的暗示;看着女人的苦笑和男人突然苍白的脸孔,他似乎难以会意。他是骑士精神的化身,服务他人总能让他感受到快乐的存在,比如,他总不忍见到漂亮女士承担小盒子、小包裹之类的重担,却不曾迈步上前伸出援手,总是被心底那一丁点儿害怕惊扰对方的担忧击退。

弗拉基米尔是什么来历？好吧，"出处"自然是其父母。奇怪的是，他承认，他对自己常有笑颜的幸运并不满意，只有心境阴郁时才能获得成功；他还说，他存在于世的原动力便是他的勤勉。再无人像他如此，志得意满的同时又满怀不甘，上一秒还坚定不移，下一秒旋即踟蹰不前。

曾有一位女孩答应他在某某时间与他会面，但她却迟到了，对此他很惊诧。另一个人断言道："你就是那种容易受骗的人，难道你不偏爱那种欲擒故纵的小把戏吗？"

"你搞错了。"这就是他的所有回应。

他从不对人心怀怨恨，因为"我自己也常待人不公"。

在女性常聚的咖啡馆，他常被客人的神态表情逗乐。顺便提一句，他不跟日常有许多娱乐活动的人交朋友，他把那些消遣视为洪水猛兽。他思考忖量就是为了在下一刻将它们忘却，他善于算计，因为他从不任由情绪掌控理智。

女士们对他不以为然，却又总是对他燃起兴趣；她们说他胆小羞怯，他对她们亦持同样的看法；她们与他厮混，但又心怀忧惧。

对于在他眼前巧妙炫耀财富的女士，他举止最为谦恭，毕竟，在倾慕之人跟前，人往往渺若尘埃。他发现，他既能从未受教育、亟需教导的女孩处受到鼓舞，亦能从博览群书，但如今只想重归无知的女孩身上得到启发。曾经遭受的种种不公，他从未为自己复仇，又或许，而今的处事便是他复仇的方式。那些待他刻薄的人，他选择放手忘却，养成了不去介怀不快之事的习惯。他便是以如此方式，保持自身灵魂的温度与思绪的清朗。

音乐能柔软人的心境，他也不例外。倘若他察觉到某个女孩对自己的爱慕，就会隐隐觉得她是想把自己牢牢掌控在手心，于是，他便与女孩划清界限。他像南方人般多疑，不仅怀疑他人，也怀疑自己；常起嫉妒，但心头的自尊又很快将其抛诸脑后，在他看来，妒忌就是缥缈的无根之物。

有一次，他失去了一个朋友，他告诉自己："他损失的和我一样多。"他敬慕一位女士，但只要她犯下一个错，他的热恋就如烟消散；一句无心的失言便能惹来他的无情嘲笑，而且他竟乐在其中，毕竟，为她惋惜总好过自己难过。

年轻的活力仍未从他身上褪去，他利用自身的力量将社会的目光引至亟需眷注的老弱病残者身上，并把这些关注转化为实事。我们对他的称赞是否过火了？

间或,他会在镇上闲逛,拜访一些所谓的暴发户,周围的人没少为此非难他,但若给他们一个攀附的机会,他们必定欣喜若狂。他有不少模仿者追随,但他才是原汁原味的正版。其实,模仿是再自然不过之举了。

复制品虽亦可吸引眼球,但只有首创者方能缔造真正的价值。

Chapter 26
巴黎报刊

巴黎的报刊有一股气场弥散其间，自从开始阅览这些报章，我变得极有修养，不再回应他人的问候，而且，我对此毫不惊讶。手中攥一册《时代杂志》，人便顿时变得风雅了起来。此外，我对正义之士再也不高看一眼。于我而言，巴黎的报刊是剧院的绝佳替代品。现在，就连最出色的餐厅我亦甚少流连，毕竟我已是如此精致之人。啤酒再无缘沾染我的双唇，我的双耳只接受如旋律般优美的法语的熏陶。往昔倾慕的女士，一位真正的淑女，如今在我眼中俨然一个笨拙村妇，因为《费加罗报》已将我的品位宠坏。《晨报》难道没令我几近疯狂吗？我的同事们交口抱怨，在今时今日的危机中他们顿感困倦，而我却在报章的滋养下越发郁勃。通过阅读，我对这座法国首都不再陌生，这趟巴黎之旅在我看来已然完整落幕，一路的贴心陪伴令人欢忭。是这些报章雕琢出了上流社会的轮廓棱角。德语作品再难得我眷顾，甚至我连德语都不会讲了——但是，这有什么坏处吗？

Chapter 27
猴子

这个故事本该以轻柔口吻娓娓道来，但在某种程度上，又该以冷酷的视角来审视。这是一个关于猴子的故事。某日午后，一只猴子不知怎的进了一家咖啡店，并在那里晃荡虚度了半日时光。他明显不太灵光的脑袋上戴着一顶安全帽，甚至可能是顶宽边软帽；手上的手套甚为考究，是时下展柜里最流行的款式；他的西装更是做工精致。一两个轻盈非凡，但姿态稍微过于袒露的跳跃，他便来到茶室门口，里头飘来乐声，幽雅如树叶婆娑。猴子有些茫然，不知该低调地蹲坐于角落，还是坐在中间鼓掌。最终他选择了后者，因为他突然醒悟，作为猴子，若举止得体，就算坐在角落，终究还是会大出风头。他既欣喜又忧郁，故作镇静地张望四周，一眼便瞥见了几位面容姣好的少女，朱唇鲜红欲滴，皮肤吹弹可破，还有美眸与雅致亟需我细致描摹，但出于叙述的简练，还得先报告猴子的动态。

这猴子操着一口本地方言,向招待他的女侍应询问,这场合是否允许他抓挠。"如果你想,当然可以。"她温柔回道。我们的这位骑士——若他受得起此称号的话——充分地贯彻了侍者的许可,引得在场的部分女士轻笑不已,有些则望向一边,以免瞧见如此大胆莽撞的举动。一位尤其俏丽的女士在他桌旁落座,他立刻机灵地与她攀谈、逗她开心,先是闲聊些天气状况,接着话题又拐到书本上。"您可真是非同寻常之人。"她若有所思道,说着,他摘下手套往空中一扔,再准确迅速地接住。抽烟时,他会噘起嘴唇,做一副迷人的怪相,吐出的烟雾同其苦行的面相形成了鲜明的对比。

此时,一位年轻的女士走进房里,身旁陪着的是她的柚子阿姨。普雷齐奥萨是她的芳名,袅袅婷婷,如一首浪漫的叙事曲。她的出现似在猴子的心湖投下了一块石子,从此再无平宁。从前,猴子不曾知晓爱为何物,今日,他终于尝到了爱的滋味。倏忽间,他脑中所有荒谬废话通通蒸发。他渴望娶她为妻,并坚定地一步步迈向这位心灵所择之人;他深谙几个小窍门,能向她证明他是怎样的人!年轻女郎开口道:"你应该跟我们回家。虽然你不是丈夫的合适人选,但如果你表现良好,我每天都会轻抚一下你的鼻头。你可真是容光焕发!这一点我是很认可的。往后你可不能让我无聊哦。"言罢,她矜傲地起身,而猴子却发出了一阵咆哮般的笑声,于是她扇了他一耳光。

回到家,这位犹太女人在金制椅脚的昂贵沙发上款款坐下,做个手势将阿姨打发走。猴子摆着别致的姿势站在她跟前,她开口询问猴子的身份,这位猴群中的佼佼者答道:

"从前,我在苏黎世写诗为生,这些如今已付梓的诗稿是我毕生挚爱。虽然你的眼神似要将我压在地上碾碎,当然这是不可能的,但我还是得坦诚,从前我常去密林深处拜会我的淑女朋友,松树小姐,然后平躺在苔藓上仰望着她们的郁葱树冠,湮没在愉悦快活中,直到倦怠忧郁……"

"你这懒鬼!"普雷齐奥萨插嘴道。

这位已然自诩为世交的猴子继续道:"我曾看完牙医没有付账,不过我坚信自己终究会出人头地;我也曾端坐在上流社会的高贵女士们脚边,接受她们的善行。我会拾捡秋风刮落的苹果,会采摘春季漫开的鲜花,在诗人凯勒成长的那个季节里——哦,您应该不曾听说过他,不过您本该读一读他的作品的。"

"放肆!"女士叫喊道,"要不是可怜你,我现在早就把你解雇了,不过你要是再这么鲁莽失礼,就别怪我不客气了。好了，你继续讲吧。"

他再次开口:"我从不为女人付出太多，如此她们才会珍惜我。有一些头脑简单的人，总是先故意出言惹恼女士们，而后再百般讨好，我察觉到了，您对这样的人其实是心怀欣赏的。有一天，我作为驻君士坦丁堡的大使来到此地……"

"别撒谎了，吹牛先生。"

"在火车终点站撞见了一位宫廷侍者，或者说，是有另一个同在车厢里的人看见了他，而我就坐在那个人旁边，他向我描绘了他的所见，现在我想把那番景象装盛在盘中，端奉至您跟前供您享用，当然了，这只是我的一个比喻，毕竟眼下这里并没有盘子，尽管我殷切盼望着能有一个堆满食物的碟盘，因为我此刻心底正升腾起一股野望，极想向您展示我的修辞功力。"

"去厨房把晚餐端上来吧。趁着这会儿，我来读读你写的诗。"

他依言去到厨房，却找不到菜品在哪儿。难道他是睁眼瞎吗？这位作家肯定是在哪个地方走了眼。

他回去找普雷齐奥萨，发现她依着诗集睡着了，伏在沙发上宛若一幅东方神话的画卷，一只纤手如一串葡萄般垂落在地。他本想来告诉她，他是如何进了厨房却遍寻不到食物，如何逐渐变得安静沉默，而心底那股无法抗拒的冲动又是如何催促着他重回这位他已放任不理的女士身边。他站在沉睡者身侧，跪倒在这圣洁的魅力跟前，轻柔触碰着那只在他眼中肖似耶稣的柔荑，却不敢紧握，只因它太过美丽。满室寂静，只听得他呼吸清浅。

正当他虔诚膜拜——他鲜少有如此举动——她突然睫毛轻颤，醒过来了。她有一连串的疑问，却只是说道："在我看来，你似乎并不是只正经猴子。告诉我，你是保皇主义者吗？"

"你为什么觉得我是？"

"因为你很有耐心，还提到了宫廷里的侍女。"

"我只是出于礼貌而已。"

隔天，她想让他告诉自己到底该如何获得快乐，他给出了一个令人震惊的回答。"来帮我写封信，我口述，你写。"她说道。他提笔疾书，她从后头偷望，看看他是否有如数写下她所讲内容。啊！他写字多么敏捷，还竖耳倾听她吐露的每个音节。我们就不叨扰他们写信了吧。

鸟笼里，一只凤头鹦鹉正昂首腾跃。

普雷齐奥萨则若有所思。

Chapter 28
陀氏的《白痴》

读罢陀思妥耶夫斯基的《白痴》，掩卷，其间字句一直萦绕心底。阿格拉娅这一形象之真实生动，再无人能及；不幸的是，她最后错付了终生。另一人物玛丽也同样叫我难以忘怀：能否有一个早晨，我无须温柔地站在一个蠢蛋跟前？谁来把我介绍给叶潘钦将军的某位夫人认识？男仆们也已对我起了疑虑。不管我的写作是否如梅诗金家族的后裔般精细，不管我是否继承了上百万资产，它们都是不合理的。获得一位迷人女士的信任是件十分美妙的事情。为何我从未见过与罗戈仁的豪宅肖似的巨贾宅邸？为何我从未经历过突发痉挛？那位白痴的形象则略微黯淡，只给我留下了一个不佳的印象：某个夜晚，一个作风浪荡的女子跪倒在他脚下。此类情节早已在我预料之中。我对两三个柯亚式的人物皆有所了解，难道伊沃尔金不该被人了解吗？我能够将花瓶轻易击倒；若连这一点都怀疑，那未免太过轻视了。演讲说难也难，说容易也容易，主要取决于灵感。我遇过一些人，他们从未对自己感到满意过，若一个人自觉不够好，也许是因为执念过深而无法自我满足。于是，我去到施耐德研究院。眼下，塔斯塔西亚暂且需要平复情绪。我绝不是白痴，并乐于接受任何合理事物；很抱歉，我不是小说里的英雄，我也不适合扮演这类角色，我只是多读了一点书而已。

Chapter 29
我的要求过分吗?

人们唤醒了我对重要作家们的小说的关注。

我收到许多出版商的来信。

社会上的女性们对我很是留意。

我举止文雅;当然了,间或我会突然将这套礼节废弃不用,而后又再重新拾回。

有时,我自认确实很古怪。

医生们同情地问我,是否真的没人愿意照料我——说得好像他们觉得这有多么不对似的。

我一直相信我常被人忽略、从未被好好照管,但这并没有什么坏处。相反,得益于此,我活得更加热烈有趣了。

每天午餐我都要读一读"我的"报纸。他们恳请我务必要提一提这件事情。还有其他友好声明需要我发表吗?

我可以"将一切事情悉数忘却"吗?

我再次更改了居住地。我什么时候才能抽出时间再翻阅一本法语书呢？我很想这么做。

"有教养"是什么意思？我问的都是些什么问题？

我喜欢寻找在租房屋或诸如此类的活动，可以探访很多以往未置一瞥的屋舍宅邸。

比如，为觅得一个合适的办公场所和会客厅，我造访参观了一所巴洛克时期的宅子，走廊上悬挂着许多旧照片。

毋庸置疑，我最感兴趣的非阁楼莫属。我对很多事物都有兴趣。

近期内，我该去求职吗？这个问题令我苦恼不已。

在一户穷人的屋舍里，我发现了一个非常温馨的房间，但遗憾的是，它不供暖。我旋即表明态度，这是个舒适的小窝，而且从房间里的小窗户往外张望，入眼的乡野景色十分宜人。

我既是在观察房间，亦是在观察房东太太，我想看看她是否能勾起我的"亲密"兴致。

此外，透过小窗，可眺望到不远处的山头上矗立着一栋名唤"国民促进机构"的建筑，里头常进行些有关经济和管理手段的研究。在这幢恢宏大楼里，也曾有过文学和艺术领域的专家埋头耕耘。这是从前我从某处听来的，此刻又忽然想起来了。我有一个朋友现在就在那个机构工作,是个门卫;初遇她时,她是一所短租公寓的管理人员。

"这桌子有点小了,我每天要花很多时间在这儿写作的。"我对女房东说道,而我早在心底将她的容貌细细描摹了一番。我同她作别,转身离开了。

随后,我在一处庭院里看到了一个昏暗但很保暖的房间。我对那位带我参观的女士说:"也许我还会返回来再看看。对了,就在刚才,我被一支箭射中了。"

"天哪,"她关切道,"什么箭?"

"丘比特之箭。"我故作镇静道,仿佛这箭与我毫无干系。

"哦,是的,有些女人是很无情。"她补充道。我答道:"可以理解,所有女人第一个关心的都是自己。"

言罢我便离开了。此时,一个有些古怪却又重要的疑问袭上心头:"修养到底蕴含了什么内容?"而后,我又在思忖另一个问题,它的意义比第一个问题还要重大得多,于是搅得我不得安宁。这个问题便是——"国民"一词意指什么?我究竟该如何应付心底翻腾的这些疑惑?

这位医生"如母亲般"照料着我,粗略而随意。他丢给我一本书,此刻就摆放在桌上,为这桌子增色良多。

随后去到商场,一位"美丽的女士"目不转睛地盯着我,似乎在警告我:"我认得你,小心点!"

她的脸庞精致迷人,双腿也同样精致。事情是这样的:我坐在商场里等待某人,眼波流转间瞥见了她,一看到她我就觉得她似曾相识,并笃信她也认出了我,且对我有一定的明确想法。当然了,这也可能只是我的一厢情愿,毕竟翻涌的兴趣总能轻易蒙蔽人的双眼。

清晨,有人在街上偶遇了许多漂亮的女孩,她们正脚步匆忙地赶去上班。

我的情况正逐渐变得"严重"——我方意识到这一点。

我决定写本小说,当然了,它得与心理学有关,而且会关注一些生死攸关的重要课题。

我收到了两封谦恭有礼的来信,字里行间充满了智慧,出自一位教师兼作家的手笔。

哦,我冗长悠缓的叙述里也有急速迭变,终日勤勉也偶有懒怠时分。

我真的是那类尚未成熟、对自己了解甚少的人吗?那可真是糟糕!

不过,我就像黄金的价格,总是漂浮不定;也就是说——

谦虚地说——我对自己很有信心。其他人则不然，比如那位迷人的女士，就是我在找房子途中和她攀谈的那个。

那房子明亮宽敞，很是诱人。我立即暗自喟叹："我就想住在这儿。"盥洗台如雪般洁白，还有一张叫人为之倾倒的贵妃榻，不过我很可能将它移到别的位置。

"这个房间就是一首诗，就是一位令人肃然起敬的女士。"我对出租人如此说道，"在精神上，我已于此定居。"

她答道："我必须遗憾地告诉你，我无法立刻做出决定。看得出来，您是个要求非常高的人，对吧？"

我回应道："没错。"

"所以我恳请您给我一些时间考虑一下。给我打电话，好吗？到时我自会告诉您我的决定。"

于是，我离开了那间叫人惊叹的屋子。现在回想起来，我只想放声大笑，那个女人竟想通过拖延时间来等到救星！

至于我，早已寻得一处得体精致的住所，周遭环境我也很是满意。我坚信，人可四处为家。此外，有个人一直在探问我的下落，她不仅认识我，而且了解我在业内的重要地位，我相信，她总有一天能得到她想要的讯息。

我认为，我仍能取得成功。我还有一点想补充：有位演员来信告诉我，有一天她回到家，心情十分沉郁，但她想起了我，然后她就开心了起来。

Chapter 30
小树

当我从它身旁走过，我很难不注意到它。它无法逃离，无法思考，没有欲望，只能犹如静止般地矗立在那儿，生长、发芽、繁茂。人们不会伸手抚触它，只会站在一旁观望。忙碌的人们匆匆地从它的蔽日绿荫下大步走过。

我从未给予你任何事物，对吗？但它又不需要快乐。如果有人觉得它漂亮，或许它会开怀。你也是这样认为吗？它是那样圣洁天真，不闻世事；伫立在那里，只为博我一笑。

当我对它倾吐蜜语，它却无法感受我的爱意，这是为什么呢？它一窍不通。有时，它不经意为我送来问候，我报以浅笑，可它从未回眸。

愿在它脚下长眠，就如画家库尔贝描绘的那样，哦，他也与世长辞了。

人生之路，我自然是得继续蹒跚前行，而你，又作何打算呢？

Chapter 31
鹳和刺猬

刺猬：告诉我，我迷人吗？

鹳：我从很久以前就爱上你了。

刺猬：对此我不想予以回应，我不同那些倾慕我的人讲话。爱，是鲁莽、不计后果的产物，我不想和这样的人来往。记得把我说的一一记下。你爱上的是我的刺，对吧？

鹳：你披覆的尖刺很适合你，把你衬得迷人可爱。遗憾的是，对于我的示爱，你竟如此拘谨。作为一只刺猬，你不该过分追求举止得体。

刺猬：你错了。我这么跟你说吧，你们鹳鸟有许多东西可以夸耀，可我们刺猬没有；你们是受过教育的家庭典范，自然可以感到骄傲；关于你们的评价都是积极正面的，而我们则大不相同。你的钟爱对我来说有什么用呢？对了，你是被我的胆小羞怯迷住的吗？

鹳：应该是吧。

刺猬：我天生就该如此，你不觉得吗？我之所以浑身竖满利刺，是因为我内心充满了惊惧。你看，我的头、我的眼睛、我的鼻子，是如此幼弱；我也不像你，能翱翔天际；我这么矮小，不仔细看根本找不到我的双脚；不过我很娇小漂亮，外表看上去就是个小可怜。我不曾挥舞着翅膀在晴空遨游，也不在清风微拂的教堂尖顶筑巢；我安居于森林，只在幽暗中安静地披荆前行。

鹳：你这个腼腆的小东西。

刺猬：你大可同情我，但我从不自怨自艾。同情本身是好的，只是不适合我。我是如此弱小、微不足道，我这身尖刺就是个笑话而已，它们的存在就是对我最大的嘲讽。

鹳：所以你认为，这身护你周全的盔甲是对你的嘲讽？哦，你这副仿佛被上帝遗弃的可怜样只会让我更加爱你！

刺猬：不过，我精神十分高昂。你无法想象，蜷在可笑的保护层里生活是一件多么美妙的事情。我的快乐是独一无二的。我知道我挺漂亮，这笃信由心而发，蔓延四肢百骸。相比之下，你显得有些滑稽。

鹳：你指的是我的自尊矜傲，对吧？但我无法对此作出任何改变。我总是颇为严肃，而我正正是将自己的真实面目隐蔽潜藏于这严肃的行为当中。你理解我吗？

刺猬：我从不让自己明白或者理解任何事情，它叫我心烦。你认为，我会自寻其扰、不辞辛苦去观察了解你吗？思考这样高深的事情就留给你们这样的人去做吧。你无法忘记我，我为你感到难过，但我发现，你令我为你难过这件事情本身其实挺有趣的，所以我并不是真的对你感到抱歉。你瞧，我的身躯像座小山，却让人感觉毫无生气。

鹳：其实这是个巨大的优势，我很欣赏。对了，有什么事情会让你开颜？

刺猬：哦，看着你们这些聪明人焦急跳脚的时候，我会笑。像你这样有教养的人，居然想看一只刺猬微笑？也许我心底很欣喜，但我不会显露，更不会大笑，约莫是因为我过于注重礼仪了吧。还有，我跟你说了太多的话了。你爱我，可你让我恐惧。我之所以在你跟前畏缩退避，是因为这种行为很适合我，它使我快乐。

鹳：你鄙视我吗？

刺猬：我满身的刺告诉我，我应该看不起你。你实在令我印象深刻，但你的腿和喙太长太大了，而且对我来说，你的优雅、你的自负都令我高攀不起。

鹳：只希望你的渺小平凡能与我同在。

刺猬将身体蜷进尖刺里，眼睛往外张望，看着纤长的鹳鸟微微颤抖。但他没有再发一言。自此刻起，再好的演讲也毫无意义而言，只需无言蜷伏于此，古怪、寂寞。鹳呆立良久，刺猬浑身散发的孤立无助犹如一把利剑，刺进他的身体里。实际上，刺猬就是一个孤独的小孩，而善良的鹳深爱这份孤独，于是他自己也变得陌生而孤独了。他觉得自己也长出了尖刺。夜色洒落在密林间，着了魔似的鹳屈着一只脚，一头扎进这份弥散着忧伤的爱里，沉溺。

刺猬无视他的存在。

显然，刺猬睡着了。

但事实并非如此，刺猬在等着看鹳是否会呜咽悲泣。

好一幕夜间喜剧！

关于鹳对刺猬的感情，尚有许多内容可以着墨，但我想克制我的冗长叙述。鹳的处境似乎有些悲惨可叹，但为什么他竟任由自己被如此愚蠢地感动？泪水自他平常而睿智的鸟喙滚落。今日这番局面，难道我先前没提醒过他吗？

刺猬会因此开怀吗？

这仍旧是个谜，而谜题的本质正是无法解释。无法解释的往往最有趣，有趣的往往能叫人开怀。

鹳鸟啊！你沉溺得如此艺术。

但另一方面，你迷恋的又是如此不起眼的刺猬。他是何等荣幸呀！

你见过鹳鸟哭泣吗？没见过？好吧，那眼前此景就更不寻常了。

在这静夜中，他号啕大哭，泪水倾盆而下，汇成一条奔涌的尼亚加拉河。他为心爱的刺猬感到悲伤，并且认为自己必须如此。

更重要的是，鹳在自己的此番行为中察觉到了一丝英雄主义的气息。有时，鹳鸟倍感无聊，便想方设法把自己培养塑造成英雄。

曙光破晓，而他依旧站立在那里，依旧怀揣着那份如何赞赏都不过分的悲恸。这是何等的耐心！

鹳鸟该有多想给刺猬一个轻吻，用他长利的尖喙在刺猬的利刺上印上一个吻！那该是怎样的一个吻！思及此，我们不禁不寒而栗。

Chapter 32

对康拉德·费迪南德·迈耶的些许颂扬

朗日普照的大街小巷里总有这位记者飞奔的身影,脚步匆忙间,他不停地在他永远活跃的大脑里简略记下所见所闻:群鸟在我头顶的蓝天翱翔,但它们没有帽子可戴,在我看来,帽子这种物件既美观又有益健康。我望见一辆载着原料的卡车,还瞧见一位骑士正在摆弄手里那把曾属于某位公爵夫人的雨伞——我被自己的洞察力深深震撼。明媚阳光下,我看到一位男士竟还把双手揣在裤兜里,由此我便断定,他是公务人员。有人不敢上前同你打招呼,那是因为他们害怕你可能不会回礼。我的一位熟人曾十分希望我先向他问好,但我努力而欣然地克制自己不这么做,于是他也如法炮制,虽然心底依然尊敬我,却再也不表露于外了。至于我,这是我的行事方式:若偶遇敬仰之人,在四米开外的地方我便会取下口中的雪茄,脱帽,微鞠一躬,向他表示我的尊敬;然而那天我竟偶然听到一位绅士对其同伴说："那边那个人似乎有点不太正常。"一位女士骑着自行车，背着一网兜蔬果，悠然而过；一个女孩脚踏红色高帮靴，配着白色长袜，煞是好看。酒店餐厅门口的长椅上端坐着一个女家庭教师，勾起了我上前攀谈的兴趣，旁边停有一辆载满滚筒的马车，里头装的或许是花蜜。覆满葡萄园的小山、湖边的如水夜晚，还有岛上橡木林里的小舞厅，一一在心头浮现。也许，我该到装点满洛可可时期家具的乡村旅馆寄居休憩三两天，不过，得在完成好手头任务之后才能走人。而今我们的城市里总有法语回响；市立剧院门口，歌手正在同演员争吵。一个小孩朝我微笑，对于小孩子我们自不必强调他们的幼小，因为所有小孩都很年幼——不过"大小孩"也并非罕见。

　　享用午餐期间，我在一份深受自由派思想人士青睐的报纸上，读了一则关于铁路事故的报道，此时我猛然忆起，其实我三小时前已经吃过午饭了。一首诗歌正萦绕心间，我必须打起精神将它记录下来。若女孩们想要引得关注，便会梳理打扮秀发；人总是情愿付出身心、倾尽时间，只为拥抱爱情，但时间是如此宝贵，必须被彻底地妥善利用。最喜欢讨论活力的人往往是那些活力尽失的老朽，至于我自己，我笃信我仍旧活力四射。啊，这位正牵着小男孩的手前往其座位的女侍应可真是与众不同！我认识一位崇尚优越生活方式的保姆，我曾在她额头拂下一枚轻吻，不过她扭动的头颅分明在对我说："省省吧，别自找麻烦了。"现下建成的这些房屋大有一种克制而难以言喻的美感。精致的小会客厅里，诗人牵起心中女神的纤纤素手，探问她是否喜欢那些他亲手写就并莽撞寄予她的诗篇，她羞红着脸说道："我倍感荣幸，不过，还请允许我先行离开。"然而，如此简单的话语，诗人却未能理解透彻，我只能将他行为中的不妥之处——指明，这位骚扰者无辜地凝视我，而那位高贵的女士则已然仓皇离去。

某位城里的名人蓄着大胡子，喃喃而语，其言辞竟赢得了许多赞赏。有时，我们总能不期然地忆起某人在某日说的某些话。堂皇的书店橱窗里，一位伟大诗人的作品集正闪耀着炫目的光辉。我指的便是康拉德·费迪南德·迈耶。在眼下这个崇尚文化的世界，抑或可称为浮躁的世界，人们正在庆祝他的百年诞辰。构筑文化社会似乎仍前路漫漫，我们永远在夸耀我们的文化，却从未真正为她感到骄傲。我们永远都不该认为，我们再没有什么可以学习。我们不该只记得诗人们的百年诞辰，更应铭记我们身上延续和创造文化的责任。我们不该自吹自擂曾受过教育、是文化人，只有一生不断追求文化熏陶的人才是真正的文化人，因为掌握真理从来不是一件易事。

Chapter 33
某种说话方式

这位议员终日在大都市的郊区晃荡，不务正事，喜欢全身上下缀满绿色饰物，然后深沉忧郁地凝望着天花板，并以此作为慰藉。

毋庸置疑，他的父亲必定履历辉煌。他心怀意蕴丰裕的高尚愿景，这一点我们从不曾怀疑。

年轻时，对于那些在歌剧院包厢里同他攀谈的诗人，他从来都只是漫不经心地点头附和。

至于他的妻子，她犯下的第一个错误，是在他贸然闯入时狂热地追随他的脚步，令他误以为，她很爱他。

第二个错误是太过将他视为兄长。清晨的微风在耳畔呢喃，独自攀上顶峰——况且只是中等高度的山丘——是无法叫他满足的。

可见，比起作为妻子，她更像他的妹妹，近乎以自我为中心，不喜履行那些应尽的美妙义务。而且，她还是一位美人，只要·息尚存，她都不会舍弃自己的美貌。

现在来说说他的儿子们。夜里，他们常拖着镶满珠宝的小箱子从林区穿过，仿佛对于他们以及他们所处的世界来说，这是必不可少的。

他们中的一个整日幻想着要从人们的视野里完全消失，想必他肯定读过许多惊悚小说。此外，作为一个生存于世的人，他并没有什么好称道的，所以我们就不再对他过多着墨了。

第二个儿子则是个隐士，隐居在一栋乡间别墅里，周围浓密的常春藤遮天蔽日，将那房子遮匿得近乎隐形了。

此幢乡村宅邸的主人长着浓密的胡须，这胡须无时不在生长，直到蔓伸出了窗户，于是他觉得此生已然圆满——对于他的这个信念，我们欣然接受，并无异议。

第三个儿子因醉心于一位女高音歌唱家而变得极其冲动莽撞，当然了，这一切都不敢叫他迷人的母亲知晓，因为她总有办法宣泄她的恼火："我的这些儿子太令我失望了。"

他们互相折磨，一家之主受其配偶的折磨，孩子们则受家长们的折磨。

这个外人艳羡的家族看似显赫光鲜，实则不然。

阅遍辞典也找不到合适的字眼描述他们的长吁短叹。

一件又一件的荒唐事层出不穷。

外表再光鲜亮丽又有何用呢?

父亲终于忍无可忍:"这些该死的事情什么时候才能消停!"

家里的每个人都渴望有人因自己悲泣;女儿们觉得她们的语言教师着实迷人。

在此期间,那本撰写精练的书早已改版了许多次,字里行间弥漫着悦耳的旋律。

我们正提及的这个家族也有旋律悠扬。

他们拥有一个位于地中海的小岛,景色梦幻如仙境,在岛上,唯有在梦里才能一窥现实世界。

时至今日,它仍坐落在那里,望着这一群不愿荡涤灵魂的过客,来去匆匆。

灵魂虽从不曾洗净,加身的衣物倒是格外整洁合宜,深受艺术鉴赏家们的青睐。

而她自觉肩上责任重大,偶尔会出面训斥儿子们:"我要求你们必须得去经受些磨炼。"

听罢,他不禁发笑。

她说道:"立即从我眼前消失!"面上仍强作镇静,但心底并不舍得他离开。

她有些愧疚,但又觉得自己其实十分无辜。

于是只能责怪时机不对。

"你快为你自己辩护啊!"

他平静地回答:"你渴望摆脱外人强加于你的种种束缚,可现在,你不正是在把它们转嫁到我身上吗?你禁止我做的事情,你自己也不该做。"他又轻柔地补充道,"可真是不可理喻。"

于是,他们俩夫妻大吵了一架。

倘若我是健谈之人,或许我会将她的叱骂一字一句复述出来。

她的言语仿佛一记热辣的耳光,狠狠地扇在他脸上。

他暗忖道,恭敬地倾听她这一通撒泼,着实令人印象深刻。

然而,他的好心大度并未博得她的欣赏。

也许有人会说,在男人世界里,所谓精明圆滑其实是无能的起点。

一味的辩解似乎并不是精明之举。如果一个男人处事精明，懂得调和矛盾，而且为人顺从温和，那么感情的纽带就不会撕裂，而且，它们会如丝线般牢牢掌控在他手里，毕竟时至今日的社会秩序中，女人并没有占得任何优势抑或赢得任何特权。

所以他总是一味谦让。

脱口而出的一句草率反驳就能伤她至深。

在相互避让中，紧张气氛逐渐消弭。

我啰唆了这么长的篇幅，我关心系念的究竟是谁？

是我？是你？是我们这些近乎无话语权的小人物？是那些不曾拥有自由的人？是那些不将自由当成一回事的人？是那些从不放过任何一个嘲笑他人的机会的破坏者们？是那些凄凉孤寂的人？

我大可以一家一户登门造访，听他们吐露一些新鲜的事迹，说是新鲜，但其实皆换汤不换药。

人总是在不停地重复自我，因为每个人都有自己一套固定不变的观念与价值观。

然而，在戏院里，一幕幕戏剧日复一日地重复上演，总有一天观众的灵魂会疲累倦怠，于是他们或畏缩逢迎，或起身抗议，甚至渴求一场颠覆之战。

到底是该挺身直言，还是保持缄默？

Chapter 34

一封写给特蕾泽·布莱巴克的信

亲爱的布莱巴克小姐：

希望你会将我的信件拿给你的双亲审阅——如果你同意的话。

我想告诉你，这些时日，我发觉似乎再无东西可写，因为我已然向你描绘叙述了许多许多。我相信你会理解我的窘境。后来，我无意中读了一册小书，就是花几分钱随手在报摊购入的那类书，虽有些幼稚，但读来也算有趣。我已经读够那些鸿文大作了。你应该能够理解我的意思吧？如果你能理解，那你可真是太好了。我身边的女孩们都觉得我十分无趣，因为她们都被那些年轻的纨绔子弟宠坏了。有一次，我在市政剧院里碰到一位歌手，便赠予她一本我的书以表敬慕，那书还是由柯特·沃尔夫出版社发行的，可她竟然没有收下，并且认为我不是很擅长用德语写作。身边的人大多觉得，我在许多方面都不成熟，甚至是托马斯·曼这位文学领域的巨匠都将我视作小孩。有一回在苏黎世，本该轮到我选读我的文章，但邀请我参加文坛的那位主席却忽然改口称，他认为我还没学会如何讲德语。这儿的人一度坚称我精神有问题，并且会在我路过时大声说："他就该被送到精神病院去。"伟大的瑞士作家康拉德·费迪南德·迈耶就曾在一所精神疗养院待过一段时日，但如今你看，人们正举行各式演讲朗诵活动，纪念他的百年诞辰；曾几何时，他连执笔都不敢，唯恐糟蹋了写下的字句。后来，我常去一家咖啡馆，爱上了一位诗意的女子。我自然知晓我有多愚蠢，同时，那些功利主义者的嘴脸在我眼前一一浮现，令我时刻想起我那既迷人而又代价昂贵的职业——这份职业的本质决定了，它无法为我带来可观收入。我之所以会爱上这位虽有些臃肿，但却风采不减的年轻女孩，全然是因为咖啡馆里每日奏扬的音乐。音乐的力量确实无垠而伟大。倏忽间，万事更迭。我结识了一位女侍应，自那一刻起，先前萦绕我心尖的那个女孩便如烟消散了。爱与渴望是截然不同的，它们分属两个互不交叠的世界。后来，我常去城郊散步，亲近自然，其间会有许多想法与灵感涌入脑海，亦是我日后写作的重要素材，因此，我也就不再去女侍应工作的地方，从此再没见过她，但我依然会为她写诗。我周围的许多人都认为——我猜在你的国家也一样——写诗并不算正经工作,甚至有些滑稽,并不值得尊崇。在德国,在这片孕育了众多诗人和思想家的土地,从来都是这种论调唱主流,未来亦无例外。我们的城镇风景一向优美。今天我去游泳,阳光明媚而柔和,河水冰凉但舒适,绕着城镇蜿蜒涌流,宛若一条盘曲的小蛇。毋庸置疑的是,对于那位我倾心爱慕、常在诗里提及的姑娘,人们知之甚少。我彻夜难眠,因为我很害怕,我不知道我是否还深爱着她。一段鲜活璀璨的感情,或许也会渐渐冷淡枯萎。况且,我还有许多其他感兴趣的事情。

祝愿你开心快乐,日子过得充实、满意。随信向你送去我最诚挚的问候!

罗伯特·瓦尔泽

Chapter 35
一则乡村逸闻

我不情不愿地在桌边落座,在素纸上奏起钢琴曲——开始讲述关于那场大饥荒的故事。很久以前,约莫只有两百米的山丘上有一座村庄,某年,一场饥荒不幸降临。我十分痛苦,也许我绞尽脑汁构思出来的这个故事还没有一个乡村女孩来得有价值,她劳作越勤勉,能为自己做的打算便越少。

夜幕下群星闪烁,村庄里的牧师正在为他的年轻门徒们讲述行星的运转。一个作家在灯光昏黄的房间里埋头忙活,不是在写作,而是在做些上蜡的小活计,床上的女孩自梦境惊醒,直想一头扎进池塘里,摆脱那噩梦里的恼人幻象。

直到次日,她方才反应过来眼下的情形,原来她已经死了。于是,问题来了:该让她入土为安吗?可没有人做好心理准备,敢去触碰这具静止冰冷的躯体。部落里弥漫的不快不言自明。

法警不日便抵达了村庄。不过，最能勾起他兴致的还是绘画艺术，没有公务的闲暇时候，他自己还喜欢画上两笔。他督促村民要尽快冷静，保持理智，但他的劝谏并没有什么成效，依然无人情愿将女孩下葬，他们似乎打心底里笃信，这么做会给他们带来巨大的损害。

警察局长办公室里清朗明亮，炫目的日光自三面巨大的窗户穿漏而入，局长边踱着步，边着手撰写报告，向郡里汇报此次事件的情况。

但真正困扰我的是这来势汹汹的饥荒浪潮！村民们越发消瘦憔悴，他们多需要食物啊！

同一天，一个工作效率极高的工人从钉子上取下他的手枪，怒火滔天地射杀了他的情敌，当时他正开心地哼唱着小曲，准备过马路，因为他才刚邂逅了一位美丽的年轻女士。而这位女士显然是优柔寡断之人，不仅对他们抛媚眼，还都对他们许下了前景光明的承诺。

这么多年的写作生涯，这是我的作品里第一次出现中枪倒地的人物。

于是，他们将他合力抬起，送进次好的农舍里。"房子"这个词语在如今象征着温暖舒适，可在那个时候，这种事物是不存在的，当时只有简陋寒酸的稻草屋，现在到乡下逛一逛也许还能见到。

当那位身材修长姣好的年轻女郎听闻这起由她而起的惨剧时，她也只是笔挺地呆站在那儿，仿佛在冥思些什么。

她的母亲恳求她开口说说话，但也只是徒劳，她仿佛已化身雕像。

一只鹳鸟自村庄上空疾掠而过，鸟喙里叼着它的幼雏。微风拂过，密叶婆娑。这村庄看起来就似一幅蚀刻版画，自然气息已荡然无存。

Chapter 36
飞行员

若想得体地表达自己的信念，大可发出一声军人式的强力呼喊"自然万岁"。"向您致以军人式的问候，我将永远是您最忠诚的仆人"——某个人向我坦率承认，我的军人尚武精神令他大吃一惊，因此我便如是给他回信。"突然间，他听到耳畔有人断言：'那怎么可能！'"反映时代特质、记录微小琐事的小说里难道就不能出现像这样的日常情节吗？如果我现在惊呼一声"自然万岁"，我脑海里浮现的必定是某位飞行艺术家的面孔，他怀揣着惊人的能量，排除万难，翱翔于大洋之上，受到无数人的顶礼膜拜，而我便是其中一员。若已全无疑虑，便可郑重宣布："一清二楚了！"在飞行员肩担的任务面前，连飞行器都显得渺小了许多，这一点同样一清二楚，毋庸置疑；而当面对浩瀚无垠的宇宙，也许飞行员会觉得，自己只是一个安睡的小婴儿，飞行器则是那张婴儿床，而自己只需要安静地平卧、欣赏、惊艳。我认为，在这趟令人惊叹的旅程中，他最常想到的肯定是他的母亲。我想到一个问题：我们是否应将当代的英雄飞行员们视为那些消逝已久的水手的后裔？而且，在滑翔而出之前，他们是否只是将其事业视为一种提高自身素质的锻炼和教育？诗人们尤其擅长骑着挥舞双翼的骏马飞翔，那匹骏马名唤珀加索斯①，因为其实无论是最为特别还是最为渺小，在因缘际遇跟前，人人平等。我告诉自己，所有安于随意而无害的快乐的人，都是十足的蠢蛋。

至于蠢蛋这个措辞，确实有辱斯文，似乎我应该对此做一番解释，其实此用词是为意指某种下等的品格，可将其理解为你所能想到的种种笨拙无能的集大成者。今日，我以稳健极佳的速度，迈着大步走进一家鞋底专卖店，垂询道，我该采取什么措施、往哪个方向发展，才能圆满完成我的工作。他们没有叫我"蠢蛋"，因为在这座以热情好客著称的城市，他们更喜欢"呆子"这一称谓。这两者皆非礼貌之语，此等不文明只会黯淡了使用者的光辉。

他就像一只来自天堂的小鸟，在这片无垠且永远汹涌激荡

---

① 珀加索斯：传说为生有双翼的神马，被其足蹄踩过的地方有泉水涌出，诗人饮之可获灵感。

的海面上空飞翔，我们也可称他为"呆子"或"蠢蛋"，因为生命的珍贵毋庸置疑，但他却视若草芥，任由它去经受无常变化，甚至将它作为赌注，去进行这一场豪赌，无畏放肆得几乎自大。也许有人会认为，像他这样为了担负起全人类的人文关怀而牺牲自我的人，我们不能将他与普通的蠢蛋相提并论，他是高大卓绝的蠢蛋。另一方面，他将无害的利己主义原则抛在一边，自由地吸吮和吐露生命的愉悦与光辉。我坚信，无私往往才是对自己最大的关怀——这其间的矛盾性不言而喻，但在我看来，这种矛盾恰恰是铸就伟大的根基。

比如，我们用"帽子里藏着一只蜜蜂"来形容骄矜自大之人。事实上，你大可将自己放在最为重要的位置，并乐在其中，但他人是否也同样乐在其中就不得而知了。

从某种意义上说，我今日所写的这篇文章，其实就是帽子里的那只蜜蜂。

Chapter 37
皮条客

我在山顶的那所宅邸——或者称之为别墅会更加贴切——当男仆,我认为,再也找不出一份比它更高尚的工作了,其日常事务具有一种出类拔萃的特质。

我时常撞见我的雇主——不知当不当讲——一脸陶醉地紧抿薄削的嘴唇,即便如此,在我眼中,她依然是世界上最美丽的女人,不过我从未想过去赞美她那罕见若奇迹的身段比例,尽管我有足够多的理由这么做。

这宅子饰有无数窗户,从任意一扇眺望远方的群山,入目皆为盛景,自由无章中透着一股灵气,似远还近,仿佛一伸手就能触摸到它的背脊;满山的冷硬坚石却意外地给人一种亲和之感,好像只要你开口轻唤,它就一定会予你回应。

荏苒之间,日子如水流逝,可我却仍未弄明白,这所选址极佳、舞曲终日缭绕的堂皇府邸究竟是为何而建、服务何人何事。此疑问一直萦绕心间。

如仙境般令人惊叹的斑斓花园里终日弥漫着纵情欢庆的气氛，飨宴庆典竟日日无断，从清晨的第一缕阳光宛若女神初醒般破云而出，一直持续到夕晖为大地披覆霞衣，又再至暗夜退场。然而，此般热闹却是在这乡郊行人罕至之处，实在浪费。这幢宅邸宏丽若神殿，但其行事却极其低调不扬，人人都想在此处欢度一段时日，可只有少部分人接到了或口头、或书面的邀请。

密树环绕着屋子，尽显生机，草地翠绿欲滴，清新悦人，就连最固执的挑剔鬼和天生的麻烦精都无法从中挑出一丝错处。

宅子里少女云集，大多身披围裙和羽毛装饰的防尘罩，她们训练有素，常就一些正派得体的任务互相竞争。

偶尔我会听到我迷人而饱经风霜的雇主大声叫嚷："别来烦我！我快被你们搞疯了！"她究竟是在冲谁呼喊？对我而言，这自然是个难以破解的谜题，其神秘犹如一件华裳，叫我着迷。

有一件事我必须提一提，不过言辞间需得谨慎些。花园里有一脉溪流，从最南边轻柔蜿蜒至最北边，潺潺流入斑斓的假山群中。园内还有许多处隐秘角落，藏匿于花丛间，散发着和善而诱人的气息，只要人们愿意，便可在这些地方恣意休憩、厮混，甚至颠鸾倒凤——话及此，我不由得想起，曾有一次，善良的命运之手牵着我走进一家剧院，欣赏了一场演出，看罢，我欢愉至极，但同时又隐隐有些不快。我是否该承认，在我看来，于艺术间摇摆不定其实是件妙事？明明十分钟爱，却非得从中挑错，可真真叫人快意！

花园里的绿树枝丫上缀满了花蕾，此番美景我只能用"迷人至极"来形容，其主人，那位有权对它们大喊"你们通通都是我的"的人，其实是个费尽了心思隐蔽身份的皮条客。

他外表迷人，在各种高雅社交场所间周旋游走，游刃有余，巧妙地散发着致命勾人的诱惑气息。一天，时至薄暮，紫罗兰色的光影渲满天际，我陪同他沿着陡峭的山道下山，手里还小心翼翼地捧着他的大衣，倏忽间，他竟失足跌进了古旧栈道中间的断裂深渊，就这样，连同他身上所有的高贵与神秘，在我眼前消失了。

一位中产阶级的女士也在旁目睹了这惊人一幕，她尖声喊道："他活该！他这是罪有应得！"这样一位卓绝非凡的人类社会成员，居然就这样自显然是人为锯断的步道上坠落，然后死去了,如此简单直接得近乎粗暴的方式令我永生难忘。

于是,那便是他生命的终点。我带着纷乱的思绪回到宅邸,他那件完美展示了当代服装工艺的大衣还攥在我的手里。

"她绝对是被他迷了心神。"我喃喃自语着,并在心底暗赞头顶洒落的光线明亮适中,然后点燃了一根气味醇厚的香烟。

这烟是他的。

Chapter 38
老板与员工

关于老板与员工这一话题,我想谈论的其实并不多。最为此问题沸腾的莫过于那些身为员工,但有时又会无视这一事实的人。难道我们不也经常睁着双眼却视若无睹、感觉得到却无情绪起伏、听着耳畔声音洪亮却无一字入心、看似行走匆忙实际上却只是在原地踏步?这一连串问题迎面抛来,静默无声却又振聋发聩。

亲爱的大亨们,我很会辨别何种容貌之人才是真正可靠的老板。在我看来,老板皆为无价的罕见之宝,但他们时常会忘记自己的老板身份,甚至还会羡慕起员工们的无虑与快乐,而反观员工们,他们常自诩为老板,并且乐在其中;老板无疑是孤独的,因为他们永远处于正义的一方,从不知理亏为何物,于是他们也渴望感受处于错误一方究竟是何滋味。老板可以随心而为,员工则不然,于是他们一直殷切盼望着能获得指挥权,但另一方面,老板们又早已厌烦了每天对人发号施令,他们觉得,这项工作既耗费心神,又单调无趣。

"我真希望能有个人来把我臭骂一顿。"——我个人认为,应该许多老板都有过如此心愿,从不曾感到满足的员工们必定对此十分不解。衡量一位老板的标准远不止其拥有的财富,同样地,员工也未必都是受尽蹂躏的无名小卒。老板是回应和解决需求的人,而员工则是提出需求的人。员工在门外等候,老板则在门内叫他耐心等候。不过等候的人有时会比叫他等候的那个人更加快乐,因为此时的他无责任在身,可以毫无负担地想一想妻女,甚至是情妇;当然了,叫人久等的老板也可以这么做,只是我怀疑,这么做能给他带去一丝愉悦吗?不过,如果等候的员工完全无法将思绪从工作抽离,那这久候也便成为了沉重的负担。

"我的员工们此时也许都在出奇平和地暗自微笑。"他暗道。而反观他自己,完全摆脱不了这股令他坐立难安的焦灼,既不可思议又危险万分。身为老板似乎就该如超人一般无所不能,可他其实也是一个普通人。"该死的!"他发泄道,同时对自己满怀担忧。"难道他等得还不够久吗?他是在用他的耐心来折磨我吗?"他按下电铃按钮,或者他狠拍下电铃按钮,但旋即意识到了自己此番行为的愚蠢。他对进门的员工抛下一连串夸张的严厉斥责，残暴尽显，并如老虎般凶狠地死盯着这只正待训示的小绵羊，然后将手边的纸张胡乱摞成一叠，仿佛它们是可怜的替罪羊，以显出自己的专业风范，而员工则完全不了解老板此刻的内心世界，他只知道，认为老板的理智已被情绪左右，是对他的一种冒犯；认为老板间或也会不开心，是对他的一种侮辱；他既不是这样的人，也不该是这样的人，更不会是这样的人。

"让我帮你一下吧！"写下如此字句的人必定心绪清朗愉悦；而心情异常糟糕的人则可能写下："我还以为，这些事情你们都已经准时处理好了。"

听从应与严苛并存。老板与员工都该培养良好的行为习惯。我以员工的口吻写下这篇文章，并将诸位老板视为目标读者，我殷切期待能看到你们对此拙文的满意评价。

此文的主题读来似乎有多管闲事之嫌，它与我们的生活太过贴近，难免有些敏感棘手。究竟是什么将我们的生活雕琢成今日这般模样？生活会一如既往还是会生些波澜变化？为什么我会问出这些问题？为什么这些问题总是温柔地迎面接踵而来？我清楚，我也可以不怀揣任何问题与思考，无知地活在这个世上，没有了它们的侵扰，我会变得更加豁达。但是，现在这一个个难解的疑惑正睁大着双眼与我对视，仿佛我身负不可推卸的义务，需将它们一一解决，于是，我也像其他人一样，变得敏感了起来。时间也是敏感的，犹如一个不知所措、乞求着他人伸出援手的人。那些疑问也在乞求着回应，时而敏感，时而麻木，随着时间推移，那份敏感也会渐渐被丛生的冷酷与麻木裹绕。身无责任的人或许是最敏感之人，而我，则在加之于身的种种义务的影响下，日渐冷硬。被乞求的人往往会反过来乞求那些发出乞求的人，但这一点是那些发出乞求的人无论如何都无法理解的。一个个疑惑时而目露热切地凝望着他们，时而又冷漠无比，而关注这些疑问的人大多只关心那些将其回答者视为麻木之人的问题，它们认为，那些竭力不让陡生的疑问打扰其内心平静的人皆为敏感之人，这些人之所以间或也会解答疑问，是因为他觉得这些疑问已有前人回答。为什么许多人不以此种方式给予它们信任呢？

Chapter 39
关于自由

摆架子、装出一副神经质的模样、假作敏感脆弱、踌躇不前、故施伎俩、大惊小怪、常在夜里做梦，这些都与自由息息相关。在我看来，人们对自由的理解、感受和尊重永远是不足的，每个人都应在内心对自由这一纯粹概念鞠上一躬，对自由的尊敬从不应间断，虽然这份尊敬常与某种恐惧相依相伴。值得注意的是，自由是具有排他性的，它无法容忍其他所谓自由的存在，比如我坚持认为我是一个怯弱之人，虽然事实上我挺坚强的，远不到以怯弱来形容的地步。

我将自己置于自由意志的支配之下，或者说，是受其压迫和管控。然而，尽管自由是如此值得推崇景仰，但在我内心深处，一直有一股对它的不信任在翻涌沸腾，我总是克制自己不提及它的存在，但事实上我对此并不介怀。自由朝我微微一笑，我只能暗自告诫自己："小心点，别被这笑容所诱惑，尽做些无利可图的事情。"

现在再回过头来讲讲我的那些夜梦。我认为，它们的主要目的就是恐吓我们，令自由之人意识到自由的可疑性与限制性，尤其是令我们察觉，其实自由只是一个需要我们小心应付的美丽幻象。也许正是这个原因，鲜少人知道该如何正确对待自由，因为他们不愿适应和虑及蕴藏在其本质中的侵犯性。幻象与错觉总是稍纵即逝，我们轻易就能叫这些幻象憎恶我们，因为我们根本不了解它们的本质。自由渴望被人理解，可又从来不曾被人理解；渴望得到关注，但我们向来视它如空气；它既真实，又虚幻。昨晚，在其他许多繁杂意象中间，我梦见一个陌生人朝我大步走来，气度不凡，印象深刻。梦境用迷惑人心的方式嘲弄沉睡者，又以无垠的自由撩拨人的大脑，而到了梦醒时分，这一切想来又似乎有些可笑。

我总是在不自觉间将我的读者们想象成可爱善良的模样，在他们的允许下，我满怀谦卑——当然了，这份谦卑里少不了得体的讽刺意味——提出这一个少许滑稽的可能性，那就是，在自由里，所有的不解谜题都是可以思考破解的。某天晚上，当我回到家门口，诧异地发现竟有一男一女正自我房间的窗户向外张望，这两个陌生人脸庞硕大如盆，举止呆滞若静止，此场景足以令人僵在当场，魂游天外。很长一段时间里，我只是直直地盯着那两个人，而那两人也冷漠地往下与我对视，我无法理解他们的出现，也迈不开腿走上楼，礼貌地请求他们为自己解惑。然后我推门走了进去，发现并无外人，只有满室死寂，而我一时间也感受不到自己的存在，仿佛已超然物外，但这显然有违常理。我扪心自问，我现在自由了吗？

不是有这样一位女士吗？她优雅迷人，但每次见到我都会说，我并不讨她喜欢，因为有一次我终于令她开怀大笑，可我并没有为此感觉荣幸至极。她自由无拘，因此，她是个敏感之人，能够敏感地察觉一切不敏感，她的自由之魂潜藏在那些未曾经历和理解、常能给她带来震惊恐惧的事物里。

我认为，自由不仅本身难以把握，而且还会滋生困难。我希望我的这番措辞能引起诸位的共鸣，但是，也许只有对自由中蕴藏的所有不自由有透彻领悟的人，才会理解我口中的这番说辞吧。

Chapter 40
一个比德迈式的故事

在比德迈风格盛行的时期,一个叫莱瑙的人擅长写诗,其诗篇有一种难以名状的精致之美,读来雍容自在,能于无言处激起轰鸣的回响。在其笔下,曾塑造过这样一位女仆,尽管她年轻貌美,绝非面目可憎的老妇人,或许还在某些方面有卓越的表现,但仍有一些人认为,她简直是只野兽。

她的秀发与她的双眸配称得恰如其分;据说她是个贪吃鬼,这在当时可不是什么好名声,甚至可以说是个带有侮辱性的称谓。对此我既觉好笑,又有些震惊,在生于新时代的我看来,这只不过是件微不足道的小事。

在俄国将军戈尔恰科夫统治欧洲大陆期间,无论是上层中产阶级还是下层中产阶级,女子皆流行穿着紧身胸衣,特别是出席晚会时,比德迈时期的女子们均要用带子将腰腹紧紧束绑起来。

由于在仆人间盛行的阶级制度，这位女仆就算头上被狠击一掌，也就是老人们口中的所谓惩罚，她也要保持微笑，保持这份实为粗暴的礼貌。

她手脚灵巧，干起活来十分伶俐，她的爱侣原本也是前途大好，因此惹来同事的嫉恨。后来他竟变成了一名罪犯，至于他犯下的罪行我就不一一详述了。

随着罪行的不断累加，他文思泉涌，写下了一篇篇内容丰满的精巧散文，在女仆眼里，他此前的种种行为是有益处的，她笃信，他的才华就犹如取之不竭的清泉，无垠无界。

顺带提一句，这位女仆喜欢吃一种叫沙步兹格的香草芝士，于是他越来越抗拒在她的双唇印上热吻，某次他壮着胆子冒险暗示道，他并不喜欢这种芝士，结果只惹来她的一阵不快。

作为一个军阀，在统领指挥手下军队时，戈尔恰科夫将军具有一种与其身份相称的矜傲气质。我在此文中对将军的描写，其实只是为了营造一种时代气氛。

有一次女仆做完了手头的活计，并没有如往常外出散步，而是回房在书桌旁坐下，开始提笔写字。

若她落笔书就的是一封寄予爱人的情书，此刻或许会有麻雀或华雀在大开的窗檐上扑扇双翼。

  上一次耳畔响起鸟儿鸣唱,应该是很久很久以前的事情了吧!

Chapter 41
蜜月

　　一切都很理想，小夫妻此后必定回味良久。他头戴贝雷帽，她则身披出海时常见的轻纱，微风拂过轻纱，轻纱拂过绿草叶尖。密林的树冠在风中婆娑，枞木轻晃，橡木微摇。"我们的心是连在一块儿的。"他轻呢道，她回望着他，感动且感恩。他们驱车前往某个华丽小镇，那里的房子绚丽精致，在幽夜里漏着朦胧的盈盈暖光，开着花儿的绿树摇曳着身躯，似在欢迎这对初来乍到的客人。在夫妇下榻的舒适客栈里，窗台摆满了花盆，大厅里音乐家们奏着长笛、风琴与小号，悠扬和谐。第二天，他们踏上旅程，往野外森林一路漫步而去。伴着银光粼粼的溪流，他们在山间野餐，兴味盎然，极富野趣。用完餐，他们继续旅程，竟遇到了一个疯子，他衣衫褴褛，形容枯槁，一副傲慢模样。"单身汉！"新郎满怀关切地对着这位陌生人说道，"你为什么这么轻蔑地看着我们？"他讥笑着答道：

"因为我是个很挑剔的人,而且不太相信你很幸福。"新娘微微摇了摇头,对这个男人的怀疑有些难以置信。很快,这个自诩哲人的怪人便离开了。此时他们来到了一处车站,正巧一辆火车正鸣笛而过。不远处的芦苇荡里有一湾清水,一只天鹅在澄静的水面悠然滑水;钟楼的顶端,报时的铜制小公鸡在阳光下泛着金光;一个男孩踩着高跷自得地跨过桌子,桌子上摆放着一双手套;一个高卢人或者是匈牙利人嘴里叼着烟斗,在锯木架上猛烈地锯着一段木头;一个猎人正对着一只鹧鸪穷追不舍,旁边一只敏捷的大狗跟跑着,显然是他捕猎的好帮手;天鹅游水的岸边,一只小猪悠然地迈着步子,时而发出低沉的咕噜声,试图靠近讨好那只高贵的天鹅,这只外表丑陋的动物此刻竟也显出了些独一无二的风姿,并成功地接近了天鹅,优雅温柔的天鹅也愿意接纳这只热切的小猪为玩伴,这可真是一份美好的友谊!岸边仍有许多其他的景致,有一位农妇正在犁田,在她身旁是一处肖似城镇的大庄园;一个身穿长袍的骑手从一处灌木丛里钻出来,打马而过;长椅上放着一股绳子,它显然很想有人在它身上安坐休憩。将所见所闻悉数列出实在是件叫人疲累的事情,我相信读者们读了也会困倦,所以我克制着自己不再过多描述,并希望这对夫妇归程顺利,余生丰足幸福。一路闲逛,许多事物都勾起了他们的兴致与好奇,于是他们仔细地将它们一一记录:鼓着飘扬的风帆,一艘大船驶入港口,滚筒箱盒整齐地摞放在一块儿,一群军人守着物资,若有人胆敢觊觎,肯定免不了一顿毒打,物资接受者下跪在地,呜咽着感谢他们的恩赐;成群的燕子飞过蓝天,底下一个杂耍演员正将小球、火炬、尖刀等一一抛掷,再依次稳妥接住,其灵巧及艺术性不由得叫人惊叹;二十米远的地方,一个天使打扮的人悬空端坐,稳妥地仿佛是坐在一张椅子上,他底下并没有任何实物支撑,他究竟是如何做到的?无论如何,他就是那样沉稳地安坐于空中,表情平和,无一丝紧张的迹象,这项令我们惊叹的奇迹之举在他做来显然轻松无碍,其间他从无进食,仿佛食物会令他疲累昏睡、变得笨重僵硬,他已完全沉溺于这项静坐中,强烈地想要与它合二为一,融为一体。他能做到的,我没办法做到,而我能做到的,他肯定也能做到。因此,他才能那样安详地端坐在空气中,沉静如死去一般。

"等我死了以后,我的生命肯定会更加坚定美好,因为那时,你肯定每时每刻都在想着我。"新娘对她的新郎说道。

回到家,他们在阳台上漫谈着这趟旅程遇到的种种美好与奇事,夕晖为他们披上了一层霞衣。

他致力奉献的职业与他的人生理念不谋而合，但他还是有些担忧，有对自己的也有对妻子的。对自己的忧虑来自于事业上的不确定性，而对于妻子的忧心则是因为他竟有几分想要弃她而去。

难道他的幸福已经如此快速地成为他的阻碍了吗？

Chapter 42
关于塞尚的几点思量

当一个人端详选择一个物件，可能他会发现其内在的缺失，不过长久以来，人们一直认为，外在框架才是重中之重。比如，我谈及的这个男人，他已经盯着眼前的果实很长一段时间了，它们都很普通，却又都值得注意，他细察着它们的外皮纹路、它们的安宁休憩、它们的洋溢笑容与它们的愉悦面容。"它们无法意识到自身的魅力与用处，可真是太可悲了。"他喃喃自语道。他很想与它们交流，将自己的思考能力灌注给它们，因为他认为，这些毫无意识的物件实在是太可怜了。我深信，他确实很同情它们，同时，也很同情他自己，而在很长一段时间里，他并不清楚这份怜悯到底从何而来。

他认为，就连这件桌布都有其独特的灵魂，于是他沉溺于想象，而后来，他与此相关的每一个愿景竟都成为了现实。桌布躺放在那儿，纯净洁白，他起身朝它走去，将它揉弄成一团，而令人惊奇的是，它竟然就那样任由人揉捏，而他或许会对它说一句："活过来吧！"同时，他拥有足够的时间去进行古怪的实验、练习、好玩的测试和研究。幸运的是，他有了一位可以托付信任的太太，每天料理家务，极其贤惠。他待她如一朵含苞待放的美丽花蕾，而妻子对他也从无怨言。哦，这朵娇花，她将所有的不快都压藏心底，温顺亲和，如天使般包容着丈夫的一切怪癖与谨慎。对于丈夫的怪癖，她将其视为一座她未曾踏足的神奇宫殿，并不觉得它有多举足轻重，但也从未心生嘲讽。她告诉自己，这些都不关我事。在她眼中，丈夫的种种成就只是"学生难度"，不过她从未出言抨击，这也是她的仁慈，或是圆滑的表现。日以继夜，他不仅致力于寻找将令人费解的事物变得透明易懂的方法，还努力为简单的事物寻找难以言表的基本原理，在他看来，事物精确的轮廓便是迷雾的边缘，于是，日积月累，他的眼里有了一种神秘的警觉与谨慎。在他漫长的一生中，他埋头苦干，以近乎高尚的姿态，为大量事物构绘了独属于它们的画面。

我的主旨思想是——打个比方——在群山环绕的环境中，一个地区更能显示出它的辽阔与富饶。

显然，他的妻子已经不止一次劝告过他，让他放弃这无谓的奋斗，他应该到处去走一走，不能日复一日地沉溺于这项无聊单调的任务中。

他应道："好的！请问能麻烦你去收拾一下行李吗？"

她依言照做，但他并没有踏上旅程，还是依然待在原来的地方，往复纠缠于他追求的事业。于是，她仔细地将打包完好的行李再次拆开，将物件一一放回原位，然后回归以往的生活。

也许你会注意到，他看待他的妻子的方式与他看待桌布上的水果别无二致。在他眼中，妻子的轮廓既简单又复杂，就和那些瓜果碟盘一模一样，而一小块黄油和妻子的一件精致长裙自然也是如出一辙的。我承认，在这里，我的语言是苍白无力的，但我想，尽管我的叙述有些仓促，但表达还是清晰明了的，或许我在某些灵光一闪的时刻提笔写下的字句，还可以引发一些更为深刻的理解。他坚持成为那种埋头于工作的人，这种人常常受到站在家庭或民族立场的攻击。你很难不相信，他有亚洲血统。难道亚洲不正是艺术与灵性这类纯粹的奢侈品的发源地吗？如果你认为他是那种吃饭如嚼蜡的人，那你也许就大错特错了。他既醉心研究水果，也同样喜欢吃水果；他享受研究火腿的性状与颜色，也同样享受它的美味，并称赞"非常美妙"；他也会为美酒的醇香所震撼——不过我们也不能过分夸大他的这一特点。他在艺术的领域里呈现酒酿，施展魔法将娇花映现纸上，在那张素笺上，它们微颤、展颜、摇曳；他关注花儿的鲜活茎脉，也关注它们的隐秘内涵。

他捕捉到的一切事物都在他的笔下交融，若要恰当地论及他作品的音乐性，我们就得从他丰富的日常观察说起，得从他询问每一样事物是否能向他展露其本质时的耐心说起，最重要的，得从他将一切事物都置于同一个"神殿"的坚持说起。

他曾经思忖过的每一样事物如今都变得意味深长，极有说服力。他赋予过形态的每一个物件仿佛都在欣然地回望着他，而今日，它们也以同样的眼神凝望着我们。